VASTAKKAISET SIVUT

Vastakkaiset Sivut

ALDIVAN TORRES

Canary Of Joy

CONTENTS

1- 1

1

Vastakkaiset sivut
     Aldivan Teixeira Torres
Vastakkaiset sivut
Kirjoittaja: Aldivan Teixeira Torres
© 2017-Aldivan Teixeira Torres
Kaikki oikeudet pidätetään

Tämä kirja ja kaikki sen osat on suojattu tekijänoikeuksilla, eikä sitä voi jäljentää ilman Auktorin lupaa, myydä uudelleen tai siirtää.

Lyhyt elämäkerta: Aldivan Teixeira Torres loi sarjan näkijän, sarjan valopojat, runouden ja käsikirjoitukset. Hänen kirjallinen ura alkoi vuoden 2011 lopussa julkaisemalla hänen ensimmäinen romanssi. Mistä tahansa syystä hän lopetti kirjoittamisen vasta jatkaen uraansa vuoden 2013 jälkipuoliskolla. Siitä lähtien hän ei koskaan lopettanut. Hän toivoo, että hänen kirjoituksensa myötävaikuttavat Brasilian kulttuuriin ja herättävät mielihyvän lukemisesta niillä, joilla ei vielä ole tapaa. Hänen mottonsa on "kirjallisuudelle, tasa-arvolle, veljeydelle, oikeudenmukaisuudelle, ihmisarvolle ja ihmiselle kunnia ikuisesti".

"Taivasten valtakunta on kuin mies, joka kylvää peltoon hyvää siementä. Eräänä iltana, kun kaikki olivat nukkuneet, hänen vihollisensa tuli ja kylvi rikkaruohoa vehnän joukkoon ja pakeni. Kun vehnä kasvoi ja korvat alkoivat muodostua, ilmestyi myös rikkaruoho. Työntekijät etsivät omistajaa ja sanoivat hänelle. "Herra, etkö kylvänyt peltoon hyvää siementä? Mistä sitten rikkaruoho tuli?" Omistaja vastasi: "" Oli vihollinen, joka on tehnyt tämän. " Työntekijät kysyivät: "Vedetäänkö rikkaruoho pois?" Omistaja vastasi: "Älä. Voi olla, että rikkakasvien juurtumisesta saat myös vehnän. Anna sen kasvaa yhdessä sadonkorjuuseen saakka. Sadonkorjuun aikana sanon kylväjille: Aloita ensin rikkaruohosta ja sido se paloihin. Kerää sitten vehnä navettaani. "Matteus 13: 24"30.

Uusi aikakausi
Pyhä vuori
Mökki
Ensimmäinen haaste
Toinen haaste
Vuorin aave
Ratkaiseva päivä
Nuori tyttö
Vapina
Yksi päivä ennen viimeistä haastetta
Kolmas haaste
Epätoivon luola
Ihme
Luolasta poistuminen
Reunoin Guardianin kanssa
Jäähyväiset vuorelle
Matka ajassa taaksepäin

Uusi aikakausi

Epäonnistuneen kirjan julkaisemisen jälkeen tunnen voimani palautuvan ja vahvistuvan. Loppujen lopuksi uskon kykyihini ja uskon, että aion toteuttaa unelmani. Opin, että kaikki tapahtuu omana aikanaan, ja uskon olevani riittävän kypsä toteuttamaan tavoitteeni. Muista aina: Kun todella haluamme jotain, maailma salaliitossa toteuttaa se. Näin tunnen: uudistunut voimalla. Katse takaisin, ajattelen teoksia, jotka luin niin kauan sitten, jotka varmasti rikastuttivat kulttuuriani ja tietoni. Kirjat vievät meidät tuntemattomien ilmakehien läpi. Minusta minun on oltava osa tätä historiaa, suurta historiaa, joka on kirjallisuutta. Ei ole väliä, pysynkö nimettömänä vai tulenko loistavaksi kirjailijaksi, joka on tunnustettu maailmanlaajuisesti. Tärkeä on panos, jonka kukin antaa tälle suurelle universumille.

Olen iloinen tästä uudesta asenteesta ja valmistaudun tekemään suuren matkan. Tämä matka muuttaa kohtaloni ja myös niiden kohtalot, jotka voivat kärsivällisesti lukea tätä kirjaa. Mennään yhdessä tässä seikkailussa.

Valmistelut

Pakkaan matkalaukkuni erittäin tärkeillä henkilökohtaisille esineilleni: Jotkut vaatteet, hyviä kirjoja, erottamattomat ristiinnaulitsemiseni ja raamattuni ja paperin kirjoittamista varten. Mielestäni saan paljon inspiraatiota tältä matkalta. Kuka tietää, ehkä minusta tulee unohtumattoman tarinan kirjoittaja, joka menee historiaan. Ennen kuin menen, minun on kuitenkin jätettävä hyvästit kaikille (etenkin äidilleni). Hän on ylisuojeleva eikä anna minun mennä ilman syytä tai ainakin lupauksella, että tulen pian takaisin. Minusta tuntuu, että minun on jonain päivänä annettava vapaudenhuuto ja lentää lintuna, joka on luonut omat siipensä ... ja hänen on ymmärrettävä tämä, koska en kuulu hänelle, vaan pikemminkin maailmankaikkeus, joka toivotti minut tervetulleeksi vaatimatta minulta mitään vastineeksi. Universumin puolesta olen päättänyt tulla kirjailijaksi ja täyttää roolini ja kehittää kykyni. Kun saavun tien päähän ja olen tehnyt jotain itsestäni, olen valmis astumaan yhteisöön luojan kanssa ja oppimaan uuden suunnitelman. Olen varma, että minulla on myös erityinen rooli siinä.

Otan kiinni matkalaukustani ja tämän kanssa tunnen ahdistuksen nousevan sisälläni. Mieleeni tulevat kysymykset, jotka häiritsevät minua: Millainen tämä matka on? Onko tuntematon vaarallinen? Mitä varotoimia minun pitäisi tehdä? Tiedän, että se on ajatuksia herättävä urallani, ja olen valmis tekemään sen. Otan matkalaukkuni (jälleen) ja ennen lähtöä etsin perhettäni hyvästelemään. Äitini on keittiössä valmistamassa lounasta sisareni kanssa. Tulen lähelle ja käsittelen ratkaisevaa kysymystä.

"Näetkö tämän pussin? Se on ainoa toverini (paitsi sinä, lukijat) matkalla, jonka olen valmis tekemään. Etsin viisautta, tietoa ja nautintoa ammatistani. Toivon, että ymmärrät ja hyväksyt molemmat tekemäni päätöksen. Tule; halata ja onnea.

"Poikani, unohda tavoitteesi, koska ne ovat mahdottomia kaltaisillemme köyhille ihmisille. Olen sanonut tuhat kertaa: Et tule olemaan epäjumala tai vastaava. Ymmärrä: Et ole syntynyt suureksi mieheksi "sanoi Julieta, äitini.

"Kuuntele äitiämme. Hän tietää mistä puhuu ja on aivan oikeassa. Unelmasi on mahdotonta, koska sinulla ei ole lahjakkuutta. Hyväksy, että tehtäväsi on olla yksinkertainen matematiikan opettaja. Et mene kauempana kuin se - sanoi Dalva, sisareni.

"Joten silloin ei halauksia? Miksi ette usko, että voin menestyä? Takaan sinulle: Vaikka maksaisin unelmani toteuttamiseksi, menestyn, koska suuri ihminen on se, joka uskoo itseensä. Suoritan tämän matkan ja löydän kaiken mitä paljastaa. Olen iloinen, koska onnellisuus koostuu polun seuraamisesta, jonka Jumala valaisee ympärillämme, jotta meistä tulee voittajia.

Tämän sanottuani suuntaan itseäni kohti ovea varmuudella, että olen voittaja tällä matkalla: matka, joka vie minut tuntemattomiin kohteisiin.

Pyhä vuori

Kauan sitten kuulin erittäin vieraanvaraisesta vuoresta Pesqueira alueella. Se on osa Ororubá (alkuperäiskansan nimi) vuorijonoa, jossa alkuperäiskansat Xukuru asuvat. He sanovat, että siitä tuli pyhä erään Xukuru-heimon salaperäisen lääkemiehen kuoleman jälkeen. Se pystyy toteuttamaan minkä tahansa toiveen totta, kunhan tarkoitus on puhdas ja vilpitön. Tämä on matkan lähtökohta, jonka tavoitteena on tehdä mahdoton mahdolliseksi. Uskotko lukijoita? Pysy sitten kanssani kiinnittäen erityistä huomiota kertomukseen.

BR-232-moottoritien varrella kunnanvirastoon, noin 15 kilometrin päässä keskustasta, on Mimoso, yksi sen kaupunginosista. Hiljattain rakennettu moderni silta tarjoaa pääsyn Mimoso ja Mimoso-joen kylpemän Ororubá vuoren väliin laakson pohjaan. Pyhä vuori on täsmälleen tässä vaiheessa, ja siellä aion.

Pyhä vuori sijaitsee piirin vieressä ja olen lyhyessä ajassa sen juurella. Mieleni vaeltaa avaruudessa ja kaukaisessa ajassa kuvittelemalla tuntemattomia tilanteita ja ilmiöitä. Mikä odottaa minua noustessani tälle vuorelle? Nämä varmasti herättävät ja stimuloivat kokemuksia. Vuori on lyhytkasvuinen (2300 jalkaa), ja jokaisessa vaiheessa tunnen itseni luottavaisemmaksi, mutta myös odottavammaksi. Muistiin tulee mieleen voimakkaita kokemuksia, joita olen elänyt 26 vuoden aikana. Tällä lyhyellä jaksolla oli monia upeita tapahtumia, jotka saivat minut uskomaan olevani erityinen. Vähitellen voin jakaa nämä muistot kanssasi, lukijat, ilman syyllisyyttä. Tämä ei kuitenkaan ole oikea aika. Jatkan vuoren polkua etsimään kaikkia halujani. Tätä toivon ja olen ensimmäistä kertaa väsynyt. Olen matkustanut puolet reitistä. En tunne fyysistä uupumusta, mutta pääasiassa henkistä johtuen outoista äänistä, jotka pyysivät minua palaamaan takaisin. He vaativat melko vähän. En kuitenkaan anna periksi helposti. Haluan päästä vuoren huipulle kaikesta, mitä se kannattaa. Vuori hengittää minulle muutoksen ilmoilla, jotka tihkuvat niille, jotka uskovat sen pyhyyteen. Kun pääsen sinne, luulen tietäväni tarkalleen, mitä tehdä saavuttaakseni polun, joka johtaa minut läpi tämän matkan, jota olen odottanut niin kauan. Pidän uskoni ja tavoitteeni, koska minulla on Jumala, joka on mahdottomien Jumala. Jatketaan kävelyä.

Olen jo käynyt kolme neljäsosaa polusta, mutta silti minut jahtaavat äänet. Kuka olen? Minne olen menossa? Miksi minusta tuntuu, että elämäni muuttuu dramaattisesti vuorella kokemuksen jälkeen? Äänien lisäksi näyttää siltä, että olen yksin tiellä. Voisiko olla, että muut kirjoittajat ovat kokeneet saman menevän pyhiä polkuja pitkin? Luulen, että mystiikkani on erilainen kuin mikään muu. Minun on jatkettava, minun on voitettava ja kestettävä kaikki esteet. Kehoni vahingoittavat piikit ovat erittäin vaarallisia ihmisille. Jos selviän tästä noususta, pitäisin jo itseäni voittajana.

Olen askel askeleelta lähempänä huippua. Olen jo vain muutaman metrin päässä siitä. Kehoni läpi hikeä näyttää olevan upotettu vuoren pyhiin tuoksuihin. Pysähdyn hetkeksi. Huolestuvatko rakkaani? No, sillä ei todellakaan ole väliä nyt. Minun on tällä hetkellä ajateltava itseäni päästäkseni vuoren huipulle. Tulevaisuuteni riippuu siitä. Vain muutama askel lisää ja saavun huipulle. Kylmä tuuli puhaltaa, kärsivät äänet sekoittavat päättelyni, enkä tunne hyvin. Äänet huutavat:

"Hän onnistui, hänet palkitaan! "Onko hän edes kelvollinen? "Miten hän onnistui kiipeämään koko vuoren? Olen hämmentynyt ja huimausta; En usko, että olen kunnossa.

Linnut itkevät, ja auringon säteet hyväilevät kasvojani kokonaisuudessaan. Missä minä olen? Minusta tuntuu kuin olisin juonut edellisenä päivänä. Yritän nousta, mutta käsivarsi estää minua. Näen, että vierelläni on keski-ikäinen nainen, jolla on punaiset hiukset ja parkittu iho.

"Kuka sinä olet? Mitä minulle tapahtui? Koko ruumiini sattuu. Mieleni tuntuu sekavalta ja epämääräiseltä. Syyttääkö kaikki tämä vuoren huipulla oleminen? Luulen, että minun olisi pitänyt jäädä talooni. Unelmani ovat kannustaneet minua tähän pisteeseen. Kipein vuorelle hitaasti, täynnä toivoa paremmasta tulevaisuudesta ja jonkinlaista suuntaa kohti henkilökohtaista kasvua. En kuitenkaan käytännössä voi liikkua. Selitä tämä kaikki minulle, pyydän sinua.

"Olen vuoren vartija. Olen maan henki, joka puhaltaa tänne ja yön. Minut lähetettiin tänne, koska voitit haasteen. Haluatko toteuttaa unelmasi? Autan sinua tekemään niin, Jumalan lapsi! Sinulla on vielä monia haasteita. Minä valmistan sinut. Älä pelkää. Sinun Jumalasi on kanssasi. Levätä vähän. Palaan ruoan ja veden kanssa vastaamaan tarpeitasi. Sillä välin rentoudu ja mietiskele kuten aina.

Tämän sanottuaan nainen katosi näkemästäni. Tämä häiritsevä kuva jätti minut ahdistuneemmaksi ja täynnä epäilyksiä. Mitä haasteita minun pitäisi voittaa? Mistä vaiheista nämä haasteet koostuivat? Vuoren huipulla oli todella upea ja rauhallinen paikka. Ylhäältä ylöspäin voitiin nähdä pieni talojen taajama Mimoso. Se on tasanne, joka on täynnä jyrkkiä polkuja, jotka ovat täynnä kasvillisuutta joka puolelta. Saavuttaako tämä pyhä paikka, luonnosta koskematta, todella suunnitelmani? Tekisikö se minusta kirjailijan lähtiessäni? Vain aika pystyi vastaamaan näihin kysymyksiin. Koska nainen vietti jonkin aikaa, aloin mietiskellä vuoren huipulla. Käytin seuraavaa tekniikkaa: Ensinnäkin puhdistan mieleni (ilman ajatuksia). Alaan sopusoinnussa ympäröivän luonnon kanssa, mietiskellen henkisesti koko paikkaa. Siitä lähtien aloin ymmärtää, että olen osa luontoa ja että olemme täysin yhteydessä suureen yhteisöllisyysrituaaliin. Minun hiljaisuuteni on äitiluonnon hiljaisuus; minun huutoni on myös hänen huutonsa; Vähitellen aloin tuntea hänen toiveensa ja toiveensa ja päinvastoin. Tunnen hänen ahdistuneen avunhuutoon, joka vetoaa hänen elämänsä pelastumiseen ihmisen tuholta: Metsäkadot, liiallinen kaivostoiminta, metsästys ja kalastus, epäpuhtauspäästöt ilmakehään ja muut ihmisen julmuudet. Samoin hän kuuntelee minua ja tukee minua kaikissa suunnitelmissani. Olemme täysin lukittu meditaationi aikana. Kaikki harmonia ja rikoskumppanuus on jättänyt minut täysin hiljaiseksi ja keskittynyt haluihini. Kunnes jokin muuttui: Tunsin saman kosketuksen, joka kerran herätti minut. Avasin silmäni hitaasti ja näin, että olin kasvotusten saman naisen kanssa, joka kutsui itseään pyhän vuoren vartijaksi.

"Katson ymmärtävänne meditaation salaisuuden. Vuori on auttanut sinua löytämään vähän potentiaaliasi. Tulet kasvamaan monin tavoin. Autan sinua prosessin aikana. Ensinnäkin pyydän teitä kääntymään luonnon puoleen löytääksesi lautat, säleet, rekvisiitta ja linjat mökin pystyttämiseksi, sitten polttopuut kokon tekemiseksi. Yö on jo lähestymässä, ja sinun on suojauduttava hurjilta pedoilta. Huomenna alkaen opetan sinulle metsän viisautta, jotta voit voittaa todellisen haasteen: epätoivon luolan. Vain puhdas sydän selviää analyysinsa tulesta. Haluatko toteuttaa unelmasi? Maksa sitten heistä hinta. Maailmankaikkeus ei anna mitään ilmaiseksi kenellekään. Meistä on tullut kelvollisia saavuttaaksemme menestystä. Tämä on opetus, joka sinun on opittava, poikani.

"Ymmärrän. Toivottavasti opin kaiken mitä tarvitsen luolan haasteen voittamiseksi. Minulla ei ole aavistustakaan, mikä se on, mutta olen luottavainen. Jos olen voittanut vuoren, onnistun myös luolassa. Kun lähden, luulen olevani valmis voittamaan ja menestymään.

"Odota, älä ole niin luottavainen. Et tiedä luolaa, josta puhun. Tiedä, että monet soturit ovat jo koetelleet sen tulessa ja että heidät on tuhottu. Luola ei osoita sääliä kenellekään, edes unelmoijille. Ole kärsivällinen ja opi kaikki mitä opetan sinulle. Näin sinusta tulee todellinen voittaja. Muista: Itseluottamus auttaa, mutta vain oikealla määrällä.

"Ymmärrän. Kiitos kaikesta neuvostasi. Lupaan teille, että noudatan sitä loppuun asti. Kun epäilyn epätoivo riisuttaa minua, muistutan itseäni sanoistasi ja myös itselleni, että Jumalani pelastaa minut aina. Kun sielun pimeässä yössä ei ole paeta, en pelkää. Voin epätoivon luolan, luolan, josta kukaan ei ole koskaan päässyt!

Nainen hyvästeli ystävällisesti lupaavan paluun toisena päivänä.

Mökki

Uusi päivä ilmestyy. Linnut viheltävät ja laulavat melodiansa, tuuli on koilliseen ja sen tuuli virkistää aurinkoa, joka nousee kiihkeästi tänä vuonna vuodesta. Tällä hetkellä on joulukuusi, ja tämä kuukausi on minulle yksi kauneimmista kuukausista, koska se on koululoman alku. Se on ansaittu tauko pitkän vuoden jälkeen, joka on omistettu matematiikan korkeakouluopinnoille; Tällä hetkellä voit unohtaa kaikki integraalit, johdannaiset ja napakoordinaatit. Minun on nyt huolehdittava kaikista haasteista, jotka elämä minulle heittää. Unelmani riippuvat siitä. Selkäni sattuu huonon yöunen takia, joka makasi lyötynä maapallolla, jonka valmistin sängyksi. Mökki, jonka rakensin uskomattomalla vaivalla, ja sytytetty tuli antoivat minulle tiettyä turvallisuutta yöllä. Kuulin kuitenkin ulvontaa ja askeleita sen ulkopuolella. Minne unelmani ovat johdattaneet minut? Vastaus on maailman loppu, johon sivilisaatio ei ole vielä saapunut. Mitä tekisit, lukija? Haluatko myös ottaa matkan tehdäksesi syvimmät unelmasi totta? Jatketaan kertomusta.

Oman ajatukseni ja kysymykseni kääritty, en tiennyt, että vierelläni oli outo nainen, joka lupasi auttaa minua matkallani.

"Nukuitko hyvin?

"Jos hyvin tarkoittaa, että olen edelleen kokonainen, kyllä.

"Ennen kaikkea minun on varoitettava teitä siitä, että maa, jonka astutte, on pyhä. Älä siis eksy ulkonäön tai impulsiivisuuden vuoksi. Tänään on ensimmäinen haasteesi. En tuo sinulle enää ruokaa tai vettä. Löydät ne omalla tililläsi. Seuraa sydäntäsi kaikissa tilanteissa. Sinun on osoitettava, että olet kelvollinen.

"Tässä alusharjassa on ruokaa ja vettä, ja minun pitäisi kerätä se? Katsokaa, rouva, olen tottunut ostoksille supermarketissa. Näetkö tämän mökin? Se on maksanut minulle hikeä ja kyyneleitä, enkä silti usko, että se on turvallinen. Miksi et anna minulle tarvitsemani lahjan? Luulen, että olen osoittautunut kelvolliseksi hetkeksi, jolloin kiipesin tuolle jyrkälle vuorelle.

"Etsi ruokaa ja vettä. Vuori on vain askel hengellisen parantumisen prosessissa. Et ole vielä valmis. Minun on muistutettava teitä siitä, että en välitä lahjoja. Minulla ei ole valtaa tehdä niin. Olen vain nuoli, joka osoittaa polun. Luola on se, joka täyttää toiveesi. Sitä kutsutaan epätoivon luolaksi, jonka etsivät ne, joiden unelmat ovat sittemmin tulleet mahdottomiksi.

"Yritän yrittää. Minulla ei ole mitään muuta menetettävää. Luola on viimeinen toivoni menestyksestä.

Tämän sanottuani nousen ylös ja aloitan ensimmäisen haasteen. Nainen katosi kuin savu.

Ensimmäinen haaste

Ensi silmäyksellä näen, että edessäni on lyöty polku. Aloin kävellä sitä pitkin. Orjantappuroita täynnä olevan alusharjan sijasta parasta olisi seurata polkua. Kivet, jotka askeleeni pyyhkivät pois, näyttävät kertovan minulle jotain. Voiko olla, että olen oikealla tiellä? Ajattelen kaikkea mitä jätin taakseni etsimään unelmaani: koti, ruoka, puhtaat vaatteet ja matematiikkakirjat. Onko tämä todella sen arvoista? Luulen, että saan selville. (Aika kertoo). Outo nainen ei tunnu kertoneen minulle kaikkea. Mitä enemmän kävelin, sitä vähemmän löysin. Yläosa ei näyttänyt olevan yhtä laaja nyt, kun olin saapunut. Valo ... näen valon edessä. Minun täytyy mennä sinne. Tulen tilavaan raivaukseen, jossa auringon säteet heijastavat selvästi vuoren ulkonäköä. Polku päättyy ja syntyy uudelleen kahdelle erilliselle polulle. Mitä teen? Olen kävellyt tuntikausia, ja voimani näyttää olevan loppunut. Istun hetken lepäämään. Kaksi polkua ja kaksi vaihtoehtoa. Kuinka monta kertaa elämässä kohtaamme tällaisia tilanteita; Yrittäjä, jonka on valittava yrityksen selviytymisen tai joidenkin työntekijöiden irtisanomisen välillä; Brasilian koillisosan sisämaiden köyhä äiti, jonka on valittava lapsi, jota ruokitaan; Uskoton aviomies, jonka on valittava vaimonsa ja rakastajansa välillä; Joka tapauksessa elämässä on monia erilaisia tilanteita. Minun etuni on, että valintani vaikuttaa vain minuun. Minun on noudatettava intuitiota, kuten nainen suositteli.

Nousen ylös ja valitsen oikealla olevan polun. Teen suuria edistysaskeleita tällä polulla, eikä minun tarvitse kestää kauan vilkaista vielä yhtä selvitystä. Tällä kertaa kohtaan vesialtaan ja joitain eläimiä sen ympärillä. Ne jäähdyttävät itseään kirkkaassa ja läpinäkyvässä vedessä. Kuinka minun pitäisi edetä? Olen vihdoin löytänyt vettä, mutta se on täynnä eläimiä. Otan yhteyttä sydämeeni ja se kertoo minulle, että jokaisella on oikeus veteen. En voinut vain ampua heitä ja riistää heiltä myös sen. Luonto antaa runsaasti resursseja ihmisten selviytymiseen. Olen vain yksi verkon kudoksista, joita se kutoo. En ole ylivoimainen siinä mielessä, että pidän itseäni sen hallitsijana. Kätten käsillä veteen ja kaadan sen pieneen kattilaan, jonka toin kotoa. Haasteen ensimmäinen osa on täytetty. Nyt minun on löydettävä ruokaa.

Kävelen polulla toivoen löytävänsä jotain syötävää. Vatsani murisee, kun se on jo kulunut keskipäivältä. Alan katsoa polun sivuille. Ehkä ruoka on metsän sisällä. Kuinka usein etsimme helpoin tie, mutta se ei johda menestykseen? (Kaikki kiipeilijät, jotka seuraavat polkua, eivät ole ensimmäisiä, jotka saavuttavat vuoren huipun). Pikanäppäimet vievät sinut nopeasti kohteeseen. Tämän ajatuksen myötä jätän polun ja pian sen jälkeen, kun löydän banaanin ja kookospuun. Heiltä saan ruokani. Minun täytyy kiivetä heihin samalla voimalla ja uskolla, josta kiipesin vuorelle. Yritän yksi, kaksi, kolme kertaa. Onnistun. Palaan nyt mökille, koska olen suorittanut ensimmäisen haasteen.

Toinen haaste

Saapuessani mökilleni löydän vuoren vartijan, joka näyttää loistavammalta kuin koskaan. Hänen silmänsä eivät koskaan poikkea omasta. Luulen, että olen hyvin erikoinen Jumalalle. Tunnen hänen läsnäolonsa koko ajan. Hän herättää minut kaikin tavoin. Kun olin työtön, Hän avasi oven; kun minulla ei ollut mahdollisuuksia kasvaa ammattimaisesti, Hän antoi minulle uusia polkuja; kun kriisin aikana Hän vapautti minut Saatanan siteistä. Joka tapauksessa outo naisen hyväksyntä katsoi miestä miehestä, jota olin viime aikoihin asti. Nykyinen tavoitteeni oli voittaa riippumatta esteistä, jotka jouduin voittamaan.

"Joten voitit ensimmäisen haasteen. Onnittelen sinua. (Huudahti nainen). Ensimmäisen haasteen tarkoituksena oli tutkia viisautta ja kykyäsi tehdä päätöksiä ja jakaa. Nämä kaksi polkua edustavat "vastakkaisia puolia", jotka hallitsevat maailmankaikkeutta (hyvää ja pahaa). Ihminen on täysin vapaa valitsemaan jommankumman polun. Jos joku valitsee oikean polun, hänet valaistaan enkelien avulla elämänsä kaikissa hetkissä. Se oli polku, jonka valitsit. Se ei kuitenkaan ole helppo tie. Usein epäilyt hyökkäävät sinuun ja ihmettelet, onko tämä polku edes sen arvoista. Maailman ihmiset ovat aina loukkaavia ja hyödyntävät hyvää tahtoasi. Lisäksi luottamus, jonka asetat muihin, pettää melkein aina sinut. Kun suutut, muista: Jumalasi on vahva, eikä hän koskaan hylkää sinua. Älä koskaan anna rikkauksien tai himon vääristää sydäntäsi. Olet erityinen ja arvosi vuoksi Jumala pitää sinua poikana. Älä koskaan pudota tästä armosta. Vasemmalla oleva polku kuuluu kaikille, jotka kapinoivat Herran kutsusta. Meillä kaikilla on syntynyt jumalallinen tehtävä. Jotkut poikkeavat siitä kuitenkin materialismilla, huonoilla vaikutuksilla, sydämen korruptiolla. Ne, jotka valitsevat polun vasemmalla puolella, eivät päädy miellyttävään tulevaisuuteen, Jeesus opetti meille. Jokainen puu, joka ei tuota hyvää hedelmää, juurrutetaan ja heitetään ulkoiseen pimeyteen. Tämä on pahojen ihmisten kohtalo, koska Herra on oikeudenmukainen. Tuolloin, kun löysit vesienikään ja nuo säälittävät eläimet, sydämesi puhui kovemmin. Kuuntele sitä aina ja pääset pitkälle. Jakamisen lahja loisti sinua tuohon aikaan ja hengellinen kasvu oli yllättävää. Viisaus, jonka olet auttanut sinua löytämään ruokaa. Helpoin polku ei ole aina oikea tapa seurata. Luulen, että nyt olet valmis toiseen haasteeseen. Kolmen päivän kuluttua tulet ulos mökistäsi ja etsit tosiasioita. Toimi omantunnon mukaan. Jos läpäiset, siirryt kolmanteen ja viimeiseen haasteeseen.

"Kiitos, että seurasit minua koko ajan. En tiedä mitä odottaa minua luolassa, enkä tiedä mitä minulle tapahtuu. Panoksesi on minulle erittäin tärkeä. Koska nousin vuorelle, minusta tuntuu, että elämäni on muuttunut. Olen rauhallisempi ja luottavaisempi mitä haluan. Suoritan toisen haasteen.

"Hyvä on. Nähdään kolmen päivän kuluttua.

Tämän sanottuaan nainen katosi jälleen. Hän jätti minut yksin illan hiljaisuuteen yhdessä sirkkojen, hyttysten ja muiden hyönteisten kanssa.

Vuorin aave

Yö putoaa vuoren yli. Sytytän tulen ja sen rätinä rauhoittaa sydäntäni. On kulunut kaksi päivää siitä, kun kipein vuorelle, ja se tuntuu silti minulle niin vieraalta. Ajatukseni vaeltavat ja laskeutuvat lapsuudessani: Vitsit, pelot, tragediat. Muistan hyvin päivän, jolloin pukeuduin intiaaniksi: jousella, nuolella ja tomahawkilla. Nyt olin vuorella, joka oli pyhä, juuri salaperäisen alkuperäiskansan (heimon lääketieteellinen mies) kuoleman vuoksi. Minun täytyy ajatella jotain muuta, sillä pelko pakastaa sieluni. Kuurouttavat äänet ympäröivät mökkiäni, eikä minulla ole aavistustakaan mitä tai keitä he ovat. Kuinka joku voittaa pelkonsa tällaisessa tilanteessa? Vastaa minulle lukija, koska en tiedä. Vuori on edelleen tuntematon minulle.

Melu liikkuu yhä lähempänä ja minulla ei ole minne paeta. Mökistä poistuminen olisi typerää, koska raivotut pedot voisivat niellä minut. Minun on kohdattava mitä tahansa. Melu lakkaa ja valo ilmestyy. Se saa minut pelottamaan vielä enemmän. Rohkeasti huudan:

"Kuka siellä on Jumalan nimessä?

Ääni, joka on vakava ja heikko, vastaa:

"Olen rohkea soturi, jonka epätoivon luola on tuhonnut. Luovu unelmastasi, tai sinulla on sama kohtalo. Olin pieni, alkuperäiskansojen mies Xukuru Nationin kylästä. Halusin olla heimoni pääpäällikkö ja olla vahvempi kuin leijona. Joten katsoin pyhälle vuorelle saavuttaakseni tavoitteeni. Voitin kolme haastetta, jotka vuoren vartija pakotti minulle. Astuessani luolaan minut kuitenkin nieli sen tuli, joka hajosi sydämeni ja tavoitteeni. Tänään henkeni kärsii ja on juuttunut toivottomasti tälle vuorelle. Kuuntele minua, tai sinulla on sama kohtalo.

Ääneni jäätyi kurkussani, enkä voinut hetkenkään vastata kiusattuun henkeen. Hän oli jättänyt taakseen suojan, ruoan, lämpimän perheympäristön. Minulla oli kaksi haastetta luolassa, luolassa, joka voisi tehdä mahdottomasta totta. En luopuisi helposti unelmastani.

"Kuuntele minua, rohkea soturi. Luola ei tee pieniä ihmeitä. Jos olen täällä, se on jalo syy. En aio ajatella aineellisia hyödykkeitä. Unelmani ylittää sen. Haluaisin kehittää itseäni ammatillisesti ja hengellisesti. Lyhyesti sanottuna haluan työskennellä tekemällä mitä nautin, ansaita rahaa vastuullisesti ja osallistua lahjakkuuteni parempaan universumiin. En luovu unelmastani niin helposti.

Kummitus vastasi:

"Tunnetko luolan ja sen ansat? Et ole mitään muuta kuin köyhä nuori mies, joka ei tiedä äärimmäisestä vaarasta polulla, jota hän seuraa. Hän haluaa pilata sinut.

Aaveen vaatimus ärsytti minua. Tiesikö hän minut sattumalta? Jumala ei armossaan sallinut epäonnistumistani. Jumala ja Neitsyt Maria olivat aina käytännössä minun puolellani. Todisteet tästä olivat Neitsyiden todisteet. Erilaiset ilmestykset koko elämäni ajan. Kirjassa "Vision of a Medium" (kirja, jota en ole vielä julkaissut) kuvataan kohtaus, jossa istun penkillä Plazalla, linnut ja tuuli kiihottavat minua ja ajattelen syvällisesti maailmaa ja elämää yleisesti. Yhtäkkiä ilmestyi naisen hahmo, joka minua nähdessään kysyi:

"Uskotko Jumalaan, poikani?

Vastasin nopeasti:

"Varmasti ja koko olemuksellani.

Heti hän pani kätensä päähäni ja rukoili:

"Olkoon kunnian Jumala peittävä sinut valossa ja antanut sinulle monia lahjoja.

Sanoen tämän, hän meni pois, ja kun tajusin sen, hän ei enää ollut minun rinnallani. Hän yksinkertaisesti katosi.

Se oli ensimmäinen neitsyt ilmestyminen elämässäni. Naamioidessaan itsensä jälleen kerjäläiseksi, hän tuli luokseni ja pyysi muutosta. Hän sanoi olevansa viljelijä eikä ollut vielä eläkkeellä. Annoin hänelle helposti kolikoita, jotka minulla oli taskussa. Saatuaan rahat hän kiitti minua ja kun huomasin sen, hän oli kadonnut. Vuorella ei sillä hetkellä ollut minkäänlaista epäilystä siitä, että Jumala rakasti minua ja että hän oli minun puolellani. Siksi vastasin aaveeseen tietyllä epäkohteliaisuudella.

"En kuuntele neuvojasi. Tiedän rajani ja uskoni. Mene pois! Menkää kummittelemaan taloa tai jotain. Jätä minut rauhaan!

Valot sammuivat ja kuulin mökistä lähtevien askelten melun. Olin vapaa haamusta.

Ratkaiseva päivä

Kolme päivää oli kulunut toisesta haasteesta. Oli perjantaiaamu, kirkas, aurinkoinen ja kirkas. Mietin horisonttia tänä aamuna, kun outo nainen lähestyi.

"Oletko valmis? Etsi epätavallista tapahtumaa metsästä ja toimi periaatteidesi mukaisesti. Tämä on toinen testi.

"No, kolme päivää olen odottanut tätä hetkeä. Luulen, että olen valmis.

Kiireen menen lähimpään polkuun, josta pääsee metsään. Askeleeni seurasivat melkein musiikillista poljinta. Mikä oikeastaan oli tämä toinen haaste? Ahdistus tarttui minuun ja askeleeni kiihtyivät etsimään tuntematonta tavoitetta. Aivan edestä syntyi raivaa polulle, jossa se erosi ja erottui. Mutta kun pääsin sinne, yllätyksekseni, haarautuminen oli kadonnut ja katselin sen sijaan seuraavaa kohtausta: poika, jota aikuinen vetää, itki ääneen. Tunteet ottivat minut hallintaan epäoikeudenmukaisuuden läsnäolleessa, ja siksi huusin:

"Anna pojan mennä! Hän on pienempi kuin sinä eikä voi puolustaa itseään.

"En aio! Kohtelen häntä tällä tavalla, koska hän ei halua työskennellä.

"Sinä hirviö! Pienten poikien ei pitäisi joutua työskentelemään. Heidän tulisi opiskella ja olla hyvin koulutettuja. Vapauta hänet!

"Kuka tekee minut sinusta?

Vastustan täysin väkivaltaa, mutta tällä hetkellä sydämeni pyysi minua reagoimaan ennen tätä roskaa. Lapsi tulisi vapauttaa.

Työnsin poikaa varovasti pois rakasta ja aloin sitten lyödä miestä. Paska reagoi ja antoi minulle muutaman iskun. Yksi heistä osui minuun tyhjäksi. Maailma pyöri ja voimakas, tunkeutuva tuuli hyökkäsi koko olemukselleni: Valkoiset ja siniset pilvet sekä nopeat linnut hyökkäsivät mieleeni. Hetken kuluttua näytti siltä, että koko ruumiini kellui taivaan läpi. Heikko ääni soitti minulle kaukaa. Toisessa hetkessä tuntui kuin menisin ovista yksi toisensa jälkeen esteinä. Ovet olivat hyvin lukittuina ja niiden avaaminen vaati huomattavaa vaivaa. Jokaisesta ovesta pääsi vuorotellen joko oleskelutiloihin tai pyhäkköihin. Ensimmäisestä oleskelutilasta löysin valkoiseen pukeutuneet nuoret ihmiset, jotka kokoontuivat pöydän ympärille, jonka keskellä oli avoin raamattu. Nämä olivat neitsyitä, jotka valittiin hallitsemaan tulevassa maailmassa. Voima työnsi minut ulos huoneesta ja kun avasin toisen oven, päädyin ensimmäiseen pyhäkköön. Alttarin reunalla poltettiin suitsukkeita Brasilian köyhien pyyntöillä. Oikealla puolella pappi rukoili ääneen ja alkoi yhtäkkiä toistaa: Näkijä! Näkijä! Näkijä! Hänen vieressään oli kaksi naista, joilla oli valkoiset paidat. Niille kirjoitettiin: Mahdollinen unelma. Kaikki alkoi pimeää, ja kun sain laakerit, minut vedettiin väkivaltaisesti ulos ja niin nopeasti, että se jätti minut hieman huimaamaan. Avasin kolmannen oven ja löysin tällä kertaa ihmisten tapaamisen: pastori, pappi, buddhalainen, muslimi, spiritualisti, juutalainen ja afrikkalaisten uskontojen edustaja. Ne oli järjestetty ympyrään, ja keskellä oli tuli, ja sen liekit hahmottivat nimen "Kansojen ja polkujen liitto Jumalan luo". Lopulta he syleilivät ja kutsuivat minut ryhmään. Tuli siirtyi keskustasta, laskeutui käteeni ja veti sana "oppisopimuskoulutus". Tuli oli puhdasta valoa eikä palanut. Ryhmä hajosi, tuli sammui ja taas minut työnnettiin ulos huoneesta, jossa avasin neljännen oven. Toinen pyhäkkö oli täysin tyhjä ja lähestyin alttaria. Polvistuin kunnioittaen siunattua sakramenttia, otin paperin, joka oli lattialla, ja kirjoitin pyyntöni. Taitoin paperin ja panin sen kuvan jalkoihin. Kaukana oleva ääni muuttui vähitellen selkeämmäksi ja terävämmäksi. Jätin pyhäkön, avasin oven ja lopulta heräsin. Minun puolellani oli vuoren vartija.

"Joten olet hereillä. Onnittelut! Voitit haasteen. Toisen haasteen tarkoituksena oli tutkia itsesi ja toimintakykysi. "Vastakkaisia puolia" edustavista kahdesta polusta on tullut yksi ja tämä tarkoittaa, että sinun on mentävä oikealle puolelle unohtamatta tietoa, jonka sinulla on vasemmistoa kohdatessasi. Asenne pelasti lapsen huolimatta siitä, että hän ei tarvinnut sitä. Koko tuo kohtaus oli oma henkinen projektioni arvioidakseni sinua. Valitsit oikean lähestymistavan. Suurin osa ihmisistä, jotka kohtaavat epäoikeudenmukaisuuden kohtauksia, eivät halua puuttua asiaan. Laiminlyönti on vakava synti ja ihmisestä tulee rikoksentekijän rikollinen. Annoit itsestäsi, kuten Jeesus Kristus teki meille. Tämä on oppitunti, jonka otat mukanasi koko elämän.

"Kiitos, että onnistit minua. Toimin aina syrjäytyneiden hyväksi. Mikä hämmentää minua on henkinen kokemus, jonka sain aikaisemmin. Mitä se tarkoittaa? Voisitko selittää minulle, kiitos?

"Meillä kaikilla on kyky tunkeutua ajatusten kautta muihin maailmoihin. Tätä kutsutaan astraalimatkaksi. Tässä asiassa on joitain asiantuntijoita. Sen, mitä näit, on liityttävä sinun tai toisen henkilön tulevaisuuteen, et koskaan tiedä.

"Ymmärrän. Kiipesin vuorelle, suoritin kaksi ensimmäistä haastetta ja minun täytyy kasvaa hengellisesti. Luulen, että pian olen valmis kohtaamaan epätoivon luolan. Luola, joka tekee ihmeitä ja tekee unelmista syvemmät.

"Sinun on suoritettava kolmas ja minä kerron sinulle, mikä se on huomenna. Odota ohjeita.

"Kyllä, kenraali. Odotan ahdistuneesti. Tämä Jumalan lapsi, kuten kutsuit minua, on hyvin nälkäinen ja valmistaa keiton myöhempää käyttöä varten. Sinut on kutsuttu, rouva.

"Ihana. Rakastan keittoa. Käytän tätä eduksi oppiakseni tuntemaan sinut paremmin.

Outo nainen lähti ja jätti minut yksin ajatuksiini. Menin etsimään metsästä keiton ainesosia.

Nuori tyttö

Vuori oli jo muuttunut pimeäksi, kun keitto oli valmis. Yön kylmä tuuli ja hyönteisten melu tekevät maaseutuympäristöstä. Outo nainen ei ole vielä tullut mökille. Toivon, että kaikki on kunnossa hänen saapuessaan. Maistan keiton: Se oli todella hyvää, vaikka minulla ei ollut kaikkia tarvittavia mausteita. Astu vähän mökin ulkopuolelle ja mietin taivasta: Tähdet ovat todistuksia ponnisteluistani. Menin ylös vuorelle, löysin sen huoltajan, suoritin kaksi haastetta (yksi vaikeampaa kuin toinen), tapasin haamun ja seison edelleen. "Köyhät pyrkivät enemmän unelmiinsa." Tarkastelen tähtien järjestystä ja niiden kirkkautta. Jokaisella on oma merkityksensä suuressa maailmankaikkeudessa, jossa elämme. Ihmiset ovat myös tärkeitä samalla tavalla. He ovat valkoisia, mustia, rikkaita, köyhiä, uskontoon A tai uskontoon B tai mihin tahansa uskomusjärjestelmään. He kaikki ovat lapsia, joilla on sama isä. Haluan myös ottaa paikkani tässä maailmankaikkeudessa. Olen ajatteleva olento ilman rajoja. Mielestäni unelma on korvaamaton, mutta olen valmis maksamaan siitä päästäkseni epätoivon luolaan. Mietin taivasta vielä kerran ja palaan sitten mökille. En ollut yllättynyt siitä, että löysin sieltä huoltajan.

"Oletko ollut täällä kauan? En ollut tajunnut.

"Olit niin keskittynyt taivaiden mietiskelyyn, etten halunnut rikkoa hetken loitsua. Sen lisäksi tunnen oloni kotoisaksi.

"Oikein hyvä. Istu tällä improvisoidulla penkillä, jonka tein. Tarjoilen keittoa.

Kun keitto oli edelleen kuumaa, palvelin outoa naista kurpitsassa, jonka löysin metsästä. Yöllä piiskaava tuuli hyväili kasvoni ja kuiskasi sanoja korvaani. Kuka oli se outo nainen, jota palvelin? Ihmettelen, halusiko hän todella tuhota minut, kuten aave vihjasi. Minulla oli monia epäilyksiä hänestä, ja tämä oli loistava tilaisuus selvittää heidät.

"Onko keitto hyvä? Valmistin sen erittäin huolellisesti.

"Se on ihmeellinen! Mitä käytit sen valmistamiseen?

"Se on tehty kivistä. Kiusoittelen vain! Ostin linnun metsästäjältä ja käytin joitain luonnollisia mausteita metsästä. Mutta vaihdat aihetta, kuka olet oikeastaan?

"Se osoittaa isännälle hyvää vieraanvaraisuutta puhua ensin itsestään. On kulunut neljä päivää siitä, kun tulit tänne vuoren huipulle, enkä ole edes varma, mikä nimesi on.

"Hyvä on. Mutta se on pitkä tarina. Valmistaudu. Nimeni on Aldivan Teixeira Tôrres ja opetan matematiikkaa korkeakoulutasolla. Kaksi suurta intohimoani ovat kirjallisuus ja matematiikka. Olen aina ollut kirjojen rakastaja ja olen hyvin pienestä pitäen halunnut kirjoittaa oman. Ensimmäisen lukuvuoden aikana keräsin otteita Saarnaajan kirjoista, viisaudesta ja sananlaskuista. Olin hyvin onnellinen siitä huolimatta, että tekstit eivät olleet minun. Näytin kaikille suurella ylpeydellä. Valmistuin lukiosta, suoritin tietokonekurssin ja lopetin opiskelun hetkeksi. Sen jälkeen kokeilin teknistä kurssia paikallisessa yliopistossa. Kohtalon merkki kuitenkin tajusi, että se ei ollut minun kenttäni. Olin valmistautunut harjoitteluun tällä alueella. Kuitenkin päivää ennen testiä outo voima vaati minua jatkuvasti luopumaan. Mitä enemmän aikaa kului, sitä suurempaa painetta tunsin tästä voimasta, kunnes päätin olla tekemättä testiä. Paine väheni ja myös sydämeni rauhoittui. Luulen, että kohtalo sai minut olemaan menemättä. Meidän on kunnioitettava omia rajojamme. Tein useita tarjouksia, hyväksyttiin ja minulla on tällä hetkellä koulutuksen hallinnollinen avustaja. Kolme vuotta sitten sain toisen kohtalon merkin. Minulla oli joitain ongelmia ja päädyin hermostoon. Aloin sitten kirjoittaa, ja lyhyessä ajassa se auttoi minua parantamaan. Tuloksena oli kirja "Vision of a Medium", jota en ole vielä julkaissut. Kaikki tämä osoitti minulle, että pystyin kirjoittamaan ja minulla on arvokas ammatti. Tätä ajattelen: haluan työskennellä tekemällä mitä pidän ja Haluan olla onnellinen. Onko liikaa kysyä köyhältä?

"Ei tietenkään, Aldivan. Sinulla on lahjakkuutta ja se on harvinaista tässä maailmassa. Oikealla hetkellä onnistut. Voitokkaita ovat ne, jotka uskovat unelmiinsa.

"Minä uskon. Siksi olen täällä keskellä ei mitään, missä sivilisaation hyödykkeet eivät ole vielä saapuneet. Löysin tavan kiivetä vuorelle, voittaa haasteet. Nyt on jäljellä vain minun mennä luolaan ja toteuttaa unelmani.

"Olen täällä auttamassa sinua. Olen ollut vuoren vartija siitä lähtien, kun se tuli pyhäksi. Tehtäväni on auttaa kaikkia unelmoijan luolaa etsiviä unelmoijia. Jotkut pyrkivät toteuttamaan aineelliset unelmat, kuten raha, valta, sosiaalinen näennäisyys tai muut itsekkäät unelmat. Kaikki ovat toistaiseksi epäonnistuneet, eivätkä ne ole olleet harvat. Luola on oikeudenmukainen sen toiveiden kanssa.

Keskustelu jatkui vilkkaana jonkin aikaa. Olin vähitellen menettänyt kiinnostusta sitä kohtaan, kun outo ääni kutsui minut ulos mökistä. Joka kerta, kun tämä ääni kutsui minua, tunsin pakko mennä uteliaisuudesta. Minun oli mentävä. Halusin tietää, mitä tuo outo ääni tarkoitti ajatuksissani. Varovasti sanoin jäähyväiset naiselle ja lähdin äänen osoittamaan suuntaan. Mikä odottaa minua? Jatkakaamme yhdessä, lukija.

Yö oli kylmä ja vaativa ääni pysyi mielessäni. Meillä oli eräänlainen outo yhteys. Olin jo kävellyt muutaman metrin mökin ulkopuolella, mutta kehoni tuntui olevan väsymykseltä. Henkisesti saamani ohjeet ohjaivat minua pimeydessä. Sekoitus väsymystä, tuntemattoman pelkoa ja uteliaisuutta kontrolloi minua. Kenen outo ääni tämä oli? Mitä hän halusi kanssani? Vuori ja sen salaisuudet ... Siitä lähtien kun olen oppinut tuntemaan vuoren, olen oppinut kunnioittamaan sitä. Huoltaja ja hänen salaisuutensa, haasteet, jotka minun oli kohdattava, kohtaaminen aaveen kanssa; siitä kaikesta tuli erityistä. Se ei ollut koillisosan korkein eikä edes vaikuttavin, mutta se oli pyhä. Lääkehenkilön myytit ja unelmani ovat johtaneet minut siihen. Haluan voittaa kaikki haasteet, tulla luolaan ja tehdä pyyntöni. Minusta tulee muuttunut mies. En ole enää vain minä, mutta minä olen mies, joka voitti luolan ja sen tulen. Muistan hyvin huoltajan sanat, en luottamaan liikaa. Muistan Jeesuksen sanat, jotka sanoivat:

"Sillä, joka uskoo minuun, on iankaikkinen elämä.

Tähän liittyvät riskit eivät saa minua luopumaan unelmistani. Tämän ajatuksen myötä olen yhä uskollisempi. Äänestä tulee vahvempi ja vahvempi. Luulen, että olen saapumassa määränpäähän. Aivan edessä näen mökin. Ääni käskee minun mennä sinne.

Mökki ja sen valaiseva kokko ovat tilavassa, tasaisessa paikassa. Nuori, pitkä, ohut tyttö, jolla on tummat hiukset, grillaa eräänlaista välipalaa tulessa.

"Joten olet saapunut. Tiesin, että vastaat puheluun.

"Kuka sinä olet? Mitä sinä haluat minulta?

"Olen toinen unelmoija, joka haluaa päästä luolaan.

"Mitä erityisiä voimia sinulla on kutsua minulle mielelläsi?

"Se on telepatiaa, typerää. Etkö tunne sitä?

"Olen kuullut siitä. Voisitko opettaa minulle?

"Opit jonain päivänä, mutta et minulta. Kerro mikä unelma tuo sinut tänne?

"Ennen kaikkea nimeni on Aldivan. Kipein vuorelle toivoen löytävän vastaavat sivuni. He määrittelevät kohtaloni. Kun joku pystyy hallitsemaan vastakkaisia puoliaan, hän voi tehdä ihmeitä. Sitä minun on toteutettava unelmani työskennellä alueella, josta nautin ja jonka kanssa saan monet sielut unelmoimaan. Haluan mennä luolaan paitsi minulle myös koko maailmankaikkeudelle, joka on tarjonnut minulle nämä lahjat. Minulla on paikkani maailmassa ja näin olen onnellinen.

"Minun nimeni on Nadja. Asun Brasilian rannikko. Kotimaassani olen kuullut puhetta tästä ihmeellisestä vuoresta ja sen luolasta. Heti olin kiinnostunut matkasta tänne, vaikka ajattelin, että kaikki oli vain legenda. Keräsin tavarani, lähdin, saavuin Mimoso ja menin ylös vuorelle. Osuin jättipottiin. Nyt kun olen täällä, menen luolaan ja täytän toiveeni. Minusta tulee suuri jumalatar, jota koristaa voima ja rikkaus. Kaikki palvelevat minua. Unelmasi on vain typerä. Miksi kysyä vähän, jos meillä on maailma?

"Olet erehtynyt. Luola ei tee pieniä ihmeitä. Epäonnistut. Edunvalvoja ei salli sinun tulla sisään. Luolaan pääsemiseksi sinun on voitettava kolme haastetta. Olen jo voittanut kaksi vaihetta. Kuinka monta olet voittanut?

"Kuinka tyhmä, haasteita ja huoltajia. Luola kunnioittaa vain vahvinta ja luottavaisinta. Minä saavutan toiveeni huomenna, eikä kukaan pysäytä minua, kuuletko?

"Tiedät parhaiten. Kun kadut sitä, on liian myöhäistä. No, luulen menevän. Tarvitsen levätä, koska on myöhäistä. Sinusta en voi toivoa sinulle onnea luolasta, koska haluat olla suurempi kuin Jumala itse. Kun ihmiset saavuttavat tämän pisteen, he tuhoavat itsensä.

"Hölynpölyä, olette kaikki sanoja. Mikään ei pakota minua palaamaan päätökseeni.

Nähdessään, että hän oli vankka, luovuin, sääli häntä. Kuinka ihmiset voivat joskus tulla niin pienikokoisiksi? Ihminen on kelvollinen vain silloin, kun hän taistelee vanhurskaiden ja tasa-arvoisten ihanteiden puolesta. Kävelemällä polkua muistin ne ajat, joille minua on tehty väärin, joko väärin merkittyjen tutkimusten perusteella tai jopa muiden laiminlyönnistä. Se tekee minut onnettomaksi. Tämän lisäksi perheeni on täysin unelmaani vastaan eikä usko minuun. Se sattuu. Eräänä päivänä he näkevät syyn ja näkevät, että unelmat voivat olla mahdollisia. Sinä päivänä, kun kaikki on sanottu ja tehty, laulan voittoni ja kirkastan Luojaa. Hän antoi minulle kaiken ja vaati vain jakamaan lahjoin, koska kuten

Raamattu sanoo, älä sytytä lamppua ja laita se pöydän alle. Laita se pikemminkin kaikkien suosionosoituksiin ja valaistumiseen. Polku rikkoutuu ja heti näen mökin, jonka rakentaminen on maksanut minulle niin paljon hikiä. Minun täytyy mennä nukkumaan, koska huomenna on toinen päivä ja minulla on suunnitelmia minua ja maailmaa varten. Hyvää yötä, lukijat. Seuraava luku ...

Yapina

Uusi päivä alkaa. Valo ilmestyy, aamun tuuli hyväilee hiuksiani, linnut ja hyönteiset juhlivat, ja kasvillisuus näyttää uudestisyntyneen. Se tapahtuu joka päivä. Hieron silmiäni, pesen kasvoni, harjan hampaat ja käyn kylvyssä. Tämä on minun rutiini ennen aamiaista. Metsä ei tarjoa etuja eikä vaihtoehtoja. En ole tottunut tähän. Äitini pilasi minut siihen asti, kun tarjoili minulle kahvia. Syön aamiaisen hiljaisuudessa, mutta joku painaa mieltäni. Mikä on kolmas ja viimeinen haaste? Mitä minulle tapahtuu luolassa? Kysymyksiä on niin paljon ilman vastauksia, että minusta tulee huimausta. Aamu etenee ja sen myötä myös sydämentykytys, pelot ja vilunväristykset. Kuka minä nyt olin? Varmasti ei sama. Menin pyhälle vuorelle etsimään kohtaloa, josta en edes tiennyt. Löysin huoltajan ja löysin uusia arvoja ja suuremman maailman kuin koskaan ennen kuvittelen. Voitin kaksi haastetta ja jouduin kohtaamaan vasta kolmannen. Kolmas haaste, joka oli kaukana ja tuntematon. Mökin ympärillä olevat lehdet liikkuvat niin vähän. Olen oppinut ymmärtämään luontoa ja sen signaaleja. Joku lähestyy.

"Hei! Oletko siellä?

Hypyin, muutin katseeni suuntaa ja mietin huoltajan salaperäistä hahmoa. Hän näyttää iloisemmalta ja jopa ruusuiselta ilmeisestä iästä huolimatta.

"Olen täällä, kuten näet. Mitä uutisia olet tuonut minulle?
"Kuten tiedätte, tänään ilmoitan kolmannen ja viimeisen haasteenne. Se pidetään seitsemäntenä päivänä täällä vuorella, koska se on suurin aika, jonka kuolevainen voi jäädä tänne. Se on yksinkertainen ja koostuu seuraavista: Tapa ensimmäinen ihminen tai peto, jonka kohtaat lähtiessäsi mökistäsi samana päivänä. Muuten sinulla ei ole oikeutta mennä luolaan, joka antaa sinulle syvimmät toiveesi. Mitä sanot? Eikö se ole helppoa?

"Kuinka niin? Tappaa? Näytänkö salamurhalta?

"Se on ainoa tapa päästä luolaan. Valmistaudu itse, koska on vain kaksi päivää ja ...

Maanjäristys, jonka voimakkuus on 3,7 Richterin asteikolla, ravistaa koko vuoren huippua. Vapina jättää minut huimaamaan ja luulen, että aion pyörtyä. Yhä useammat ajatukset tulevat mieleen. Tunnen voimani ehtyvän ja käsiraudat, jotka kiinnittävät voimakkaasti käteni ja jalkani. Yhdessä salassa näen itseni orjana, joka työskentelee aloilla, joita hallitsevat isännät. Näen kahleet, veren ja kuulen toverini huudot. Näen everstien rikkauden, ylpeyden ja petoksen. Näen myös sorrettujen vapauden ja oikeuden huudon. Voi, kuinka maailma on epäreilua! Jotkut voittavat toiset jätetään mätänemään, unohdettuina. Käsiraudat rikkoutuvat. Olen osittain vapaa. Minua syrjitään edelleen, vihaan ja väärin. Näen edelleen valkoisten miesten pahuuden, jotka kutsuvat minua "neekeriksi". Minusta tuntuu edelleen alemmalta. Jälleen kuulen huudon, mutta nyt ääni on selkeä, terävä ja tunnettu. Vapina katoaa ja vähitellen palaan tajuntaan. Joku nostaa minut. Vielä vähän aavemainen, huudan:

"Mitä tapahtui?

Valvoja, kyynelissä, ei näytä löytävän vastausta.

"Poikani, luola on juuri tuhonnut toisen sielun. Voita kolmas haaste ja kukista tämä kirous. Maailmankaikkeus on salaliitto voittosi puolesta.

"En tiedä miten voittaa. Vain luojan valo voi valaista ajatuksiani ja tekojani. Takaan: En aio luopua unelmistani helposti.

"Luotan sinuun ja saamaasi koulutukseen. Onnea, Jumalan lapsi! Nähdään pian!

Tämän sanottuaan outo nainen lähti ja liukeni savustukseen. Nyt olin yksin ja tarvitsin valmistautua viimeiseen haasteeseen.

Yksi päivä ennen viimeistä haastetta

On kulunut kuusi päivää siitä, kun menin ylös vuorelle. Koko tämä haasteiden ja kokemusten aika on saanut minut kasvamaan paljon. Ymmärrän paremmin luontoa, itseäni ja muita. Luonto marssi omaan tahtiinsa ja vastustaa ihmisten väitteitä. Metsät hävitämme metsiä, saastamme vesiä ja päästämme kaasuja ilmakehään. Mitä siitä tulee? Mikä meille todella merkitsee, raha tai oma selviytymisemme? Seuraukset ovat: ilmaston lämpeneminen, kasviston ja eläimistön väheneminen, luonnonkatastrofit. Eikö ihminen näe, että tämä on kaikki hänen vikansa? Vielä on aikaa. Elämälle on aikaa. Tee oma osasi: Säästä vettä ja energiaa, kierrätä jätteet, älä saastuta ympäristöä. Vaadi hallitusta sitoutumaan ympäristökysymyksiin. Se on vähiten mitä voimme tehdä itsellemme ja maailmalle. Palataksenu seikkailuun, kun menin ylös vuorelle, ymmärsin paremmin toiveeni ja rajoni. Ymmärsin, että unelmat ovat mahdollisia vain niin kauan kuin ne ovat jaloja ja vanhurskaita. Luola on reilu, ja jos voitan kolmannen haasteen, se tekee unelmastani totta. Kun voitin ensimmäisen ja toisen haasteen, ymmärsin paremmin toisten toiveet. Suurin osa ihmisistä unelmoi saada rikkauksia, sosiaalista arvovaltaa ja korkeaa komentotasoa. He eivät enää näe, mikä on parasta elämässä: ammatillinen menestys, rakkaus ja onnellisuus. Ihmisestä tekee todella erikoisen hänen työnsä kautta loistavat ominaisuudet. Voima, vauraus ja sosiaalinen näennäisyys eivät tee ketään onnelliseksi. Tätä etsin pyhältä vuorelta: "vastakkaisten voimien" onnellisuutta ja kokonaisvaltaista aluetta. Minun täytyy mennä ulos vähän. Askel askeleelta jalkani vievät minut rakentamani mökin ulkopuolelle. Toivon kohtalon merkkiä.

Aurinko lämpenee, tuuli voimistuu eikä merkkejä näy. Kuinka voitan kolmannen haasteen? Kuinka elän epäonnistumisen kanssa, jos en pysty toteuttamaan unelmaani? Yritän siirtää negatiiviset ajatukset mielestäni, mutta pelko on vahvempi. Kuka olin ennen kiipeilyä vuorelle? Nuori mies, täysin epävarma, pelkää kohdata maailmaa ja sen ihmisiä. Nuori mies, joka eräänä päivänä taisteli oikeudessa oikeuksistaan, mutta heille ei annettu. Tulevaisuus on osoittanut minulle, että tämä oli parasta. Joskus voitamme häviämällä. Elämä on opettanut minulle sen. Jotkut linnut kirisevät ympärilläni. He näyttävät ymmärtävän huoleni. Huomenna on uusi päivä, seitsemäs vuoren huipulla. Kohtaloni on vaarassa tämän kolmannen haasteen kanssa. Rukoilkaa, lukijat, että voin voittaa.

Kolmas haaste

Uusi päivä ilmestyy. Lämpötila on miellyttävä ja taivas on sinistä suurimmillaan. Laiskasti nousen hieromalla unisia silmiäni. Suuri päivä on saapunut ja olen valmis siihen. Ennen kaikkea minun on valmistettava aamiainen. Ainesosien kanssa, jotka onnistuin löytämään edellisenä päivänä, se ei ole niin niukka. Valmistelen pannun ja aloitan halkeamisen avaamalla ruokahalua herättävät kananmunat. Rasva roiskuu ja osuu melkein silmiini. Kuinka monta kertaa elämässä toiset näyttävät satuttavan meitä ahdistuksillaan. Syön aamiaisen, levän vähän ja valmistelen strategiani. Kolmas haaste näyttää olevan kaikkea muuta kuin helppoa. Tappaminen minulle on mahdotonta. No, minun on silti kohdattava se. Tämän päätöslauselman avulla aloitan kävelemisen ja olen pian poissa mökistä. Kolmas haaste alkaa tästä ja valmistaudun siihen. Otan ensimmäisen polun ja aloin kävellä. Polun tien varrella olevat puut ovat leveitä ja syvillä juurilla. Mitä oikeastaan etsin? Menestys, voitto ja saavutus. En kuitenkaan tee mitään, mikä on periaatteiden vastaista. Maineeni menee ennen mainetta, menestystä ja voimaa. Kolmas haaste häiritsee minua. Tappaminen on minulle rikos, vaikka se olisi vain eläin. Toisaalta haluan mennä luolaan ja tehdä pyyntöni. Tämä edustaa kahta "vastakkaista voimaa" tai "vastakkaista polkua".

Pysyn polulla ja rukoilen, etten löydä mitään. Kuka tietää, ehkä kolmas haaste hylätään. En usko, että holhooja olisi niin antelias. Kaikkien on noudatettava sääntöjä. Pysähdyn vähän enkä voi uskoa kohtausta, jonka näen: oselotti ja sen kolme poikaa, jotka hilluttavat ympärilläni. Se siitä. En tappaa kolmen poikanen äitiä. Minulla ei ole sydäntä. Hyvästi menestys, hyvästit epätoivon luola. Tarpeeksi unelmia. En suorittanut kolmatta haastetta ja lähden. Palaan taloni ja rakkaani luo. Kiireen menen takaisin mökkiin pakkaamaan laukkuni. En täytä kolmatta haastetta.

Mökki on revitty. Mitä tämä kaikki tarkoittaa? Käsi koskettaa olkapääni kevyesti. Katson taaksepäin ja näen huoltajan.

"Onnittelut, rakas! Olet täyttänyt haasteen ja sinulla on nyt oikeus mennä epätoivon luolaan. Sinä voitit!

Vahva syleily, jonka hän antoi minulle, jätti minut vielä hämmentyneemmäksi. Mitä tämä nainen sanoi? Unelmani ja luola löydettiin loppujen lopuksi? En usko sitä.

"Mitä tarkoitat? En suorittanut kolmatta haastetta. Katso käteni: Ne ovat puhtaita. En tahraa nimeäni verellä.

"Etkö tiedä? Luuletko, että Jumalan lapsi kykenisi sellaiseen julmuuteen kuin mitä pyysin? Minulla ei ole epäilystäkään siitä, että olet tarpeeksi kelvollinen toteuttamaan unelmasi, vaikka saattaa kestää jonkin aikaa, ennen kuin niistä tulee todellisuutta. Kolmas haaste arvioi sinut perusteellisesti ja osoitit ehdotonta rakkautta Jumalan luomuksia kohtaan. Tämä on tärkeintä ihmiselle. Vielä yksi asia: Vain puhdas sydän selviää luolasta. Pidä sydämesi ja ajatuksesi puhtaina voittaaksesi sen.

"Kiitos Jumala! Kiitos elämästä tästä mahdollisuudesta. Lupaan olla pettymättä sinua.

Tunteet tarttuivat minuun niin kuin koskaan ennen kuin nousin vuorelle. Pystyikö luola todella tekemään ihmeitä? Olin aikeissa selvittää.

Epätoivon luola

Voitettuani kolmannen haasteen olin valmis menemään pelättyyn epätoivon luolaan, luolaan, joka toteuttaa mahdottomat unet. Olin jälleen yksi unelmoija, joka aikoi kokeilla onneaan. Siitä lähtien kun menin ylös vuorelle, en ollut enää sama. Nyt olin luottavainen itselleni ja upeaan universumiin, joka minua piti. Edellinen omaksuminen, jonka outo nainen antoi minulle, myös jätti minut rennommaksi. Nyt hän oli vieressäni tukemassa minua kaikin tavoin. Tämä oli tuki, jota en koskaan saanut rakkailtani. Erottamaton matkalaukkuni on kainaloni alla. Minun oli aika sanoa jäähyväiset tälle vuorelle ja sen mysteereille. Haasteet, vartija, aave, nuori tyttö ja itse vuori, jotka näyttivät elävän, ne kaikki ovat auttaneet minua kasvamaan. Olin valmis lähtemään ja kohtaamaan pelätyn luolan. Huoltaja on vierelläni ja seuraa minua tälle matkalle luolan sisäänkäynnille. Lähdemme, koska aurinko laskeutuu jo kohti horisonttia. Suunnitelmamme ovat täysin sopusoinnussa. Kasvillisuus polun ympärillä, jota olemme kuljettaneet, ja eläinten melu tekevät ympäristöstä hyvin maaseudun. Huoltajan hiljaisuus koko kurssin ajan näyttää ennustavan luolan sulkemat vaarat. Pysähdymme vähän. Vuoren äänet näyttävät haluavan sanoa minulle jotain. Käytän tätä tilaisuutta murtaakseni hiljaisuuden.

"Voinko kysyä jotain? Mitkä nämä äänet kiusaavat minua niin paljon?

"Kuulet ääniä. Mielenkiintoista. Pyhällä vuorella on maaginen kyky yhdistää kaikki unelmoivat sydämet. Pystyt tuntemaan nämä maagiset värähtelyt ja tulkitsemaan ne. Älä kuitenkaan kiinnitä heihin paljon huomiota, koska ne voivat johtaa sinut epäonnistumiseen. Yritä keskittyä omiin ajatuksiisi, ja heidän aktiivisuutensa on vähemmän. Ole varovainen. Luola pystyy havaitsemaan heikkoutesi ja käyttämään niitä sinua vastaan.

"Lupaan pitää huolta itsestäni. En tiedä mikä odottaa minua luolassa, mutta uskon, että valaisevat henget auttavat minua. Kohtaloni on vaarassa ja jossain määrin myös muu maailma.

"Selvä, olemme levänneet tarpeeksi. Jatketaan kävelyä, koska se ei ole kauan auringonlaskuun asti. Luolan pitäisi olla noin neljännes mailin päässä täältä.

Askelten jylinä jatkuu. Neljännes mailin päässä erosi unelmani toteutumisesta. Olemme vuoren huipun länsipuolella, missä tuulet ovat yhä voimakkaampia. Vuori ja sen mysteerit ... Luulen, etten koskaan tiedä sitä täysin. Mikä motivoi minua kiipeämään sitä? Lupauksen mahdottomasta tulemisesta mahdolliseksi sekä seikkailijani ja partioivaisteni. Todellisuudessa mikä oli mahdollista ja jokapäiväinen rutiini tappoi minua. Nyt tunsin olevani elossa ja valmis voittamaan haasteet. Luola lähestyy. Näen jo sen sisäänkäynnin. Se näyttää vaikuttavalta, mutta en lannistu. Erilaisia ajatuksia valloittaa koko olemukseni. Minun täytyy hallita hermojani. He voisivat pettää minut ajoissa. Huoltaja ilmoittaa pysähtyvän. Minä tottelen.

"Tämä on lähinnä mitä pääsen luolaan. Kuuntele hyvin, mitä aion sanoa, koska en toista sitä: Ennen kuin menet sisään, rukoile Isäämme suojelusenkelisi puolesta. Se suojaa sinua vaaroilta. Astuessasi sisään jatka varovaisuutta, jotta et putoaisi ansoja. Kun olet matkustanut luolan pääkäytävällä tietyn ajan, kohtaat kolme vaihtoehtoa: onnellisuus, epäonnistuminen ja pelko. Valitse onnellisuus. Jos valitset epäonnistumisen, pysyt köyhänä hulluna, joka ennen unelmoi. Jos valitset pelon, menetät itsesi kokonaan. Onnellisuus antaa pääsyn kahteen muuhun tuntemattomaan skenaarioon. Muista: Vain puhdas sydän voi selviytyä luolasta. Ole viisas ja toteuta unelmasi.

"Ymmärrän. Se hetki, jota olen odottanut vuorelle nousemisesta lähtien, on saapunut. Kiitos, huoltaja, kärsivällisyydestäsi ja innostuksestasi kanssani. En koskaan unohda sinua tai hetkiä, jotka olemme viettäneet yhdessä.

Ahdistus tarttui sydämeeni, kun jätin hyvästit hänestä. Nyt se oli vain minä ja luola, kaksintaistelu, joka muuttaisi maailman historiaa ja myös omaa. Katson sitä oikein ja haen taskulampun matkalaukustani valaisemaan polkua. Olen valmis astumaan sisään. Jalkani näyttävät jäätyneiltä ennen tätä jättiläistä. Minun täytyy kerätä voimaa jatkaa polkua. Olen brasilialainen enkä koskaan, koskaan anna periksi. Otan ensimmäiset askeleeni ja minulla on pieni tunne, että joku seuraa minua. Luulen, että olen hyvin erikoinen Jumalalle. Hän kohtelee minua kuin olisin hänen poikansa. Askeleeni alkavat kiihtyä ja lopulta menen luolaan. Alkuperäinen kiehtovuus on musertavaa, mutta minun on oltava varovainen ansojen takia. Ilman kosteus on korkea ja kylmä voimakas. Stalaktiitit ja stalagmiitit täyttävät käytännössä kaikkialla ympärilläni. Olen käynyt noin viisikymmentä metriä sisään ja vilunväristykset alkavat antaa minulle hanhenlihaa koko kehoni. Kaikki mitä olen käynyt läpi ennen kiipeilyä, alkaa tulla mieleeni: muiden nöyryyttäminen, epäoikeudenmukaisuus ja kateus. Vaikuttaa siltä, että jokainen vihollisistani on tuossa luolassa odottamassa parasta aikaa hyökätä minua vastaan. Upealla hypyllä voitin ensimmäisen ansan. Luolan tuli melkein syö minua. Nadja ei ollut niin onnekas. Kiinnittynyt kattoon olevaan tippukivipylvääseen, joka ihmeellisesti kesti painoni, onnistuin selviytymään. Minun täytyy päästä alas ja jatkaa matkaa kohti tuntematonta. Askeleeni kiihtyvät, mutta varoen. Useimmilla ihmisillä on kiire, on kiire voittaa tai saavuttaa tavoitteita. Fantastinen ketteryys on juuri pelastanut minut toisesta ansasta. Lukemattomia keihäitä painettiin minua kohti. Yksi heistä tuli niin lähelle kuin naarmuille kasvoni. Luola haluaa tuhota minut. Minun on oltava tästä lähtien varovaisempi. On kulunut noin tunti siitä, kun menin luolaan, enkä silti ole tullut siihen pisteeseen, josta huoltaja puhui. Minun pitäisi olla lähellä. Askeleeni jatkuvat, kiihtyvät ja sydämeni antaa varoitusmerkin. Joskus emme kiinnitä huomiota kehomme antamiin merkkeihin. Tällöin tapahtuu epäonnistuminen ja pettymys. Onneksi se ei koske minua. Kuulen hyvin voimakkaan melun suuntaani. Aloitan juoksemisen. Muutamassa hetkessä tajuan, että minua jahtaa suuri nopeudella kaatuva jättiläinen kivi. Juoksen jonkin aikaa ja voin äkillisellä liikkeellä päästä eroon kalliolta, löytäen suojan luolan sivulta. Kun kivi kulkee, luolan etuosa sulkeutuu ja sitten heti edessä näkyy kolme ovea. Ne edustavat onnea, epäonnistumista ja pelkoa. Jos päätän epäonnistumisen, en ole koskaan muuta kuin köyhä hullu, joka jonain päivänä haaveili tulla kirjailijaksi. Ihmiset sääliä minua. Jos valitsen pelon, en koskaan kasva eikä tunne maailmaa. Voisin lyödä pohjan ja menettää itseni ikuisesti. Jos valitsen onnellisuuden, jatkan unelmani ja siirryn toiseen skenaarioon.

Vaihtoehtoja on kolme: Ovi oikealle, vasemmalle ja yksi keskelle. Jokainen niistä edustaa yhtä vaihtoehdoista: onnea, epäonnistumista tai pelkoa. Minun on tehtävä oikea valinta. Olen oppinut ajan myötä voittamaan pelkoni: Pelko pimeydestä, pelko olla yksin ja pelko tuntemattomasta. En myöskään pelkää menestystä tai tulevaisuutta. Pelon on edustettava oikeanpuoleista ovea. Epäonnistuminen johtuu huonosta suunnittelusta. Olen epäonnistunut muutaman kerran, mutta se ei ole saanut minua luopumaan tavoitteistani. Epäonnistumisen tulisi olla oppitunti myöhemmälle voitolle. Epäonnistumisen on edustettava vasemmanpuoleista ovea. Lopuksi keskimmäisen oven on edustettava onnea, koska vanhurskaat eivät käänny oikealle eikä vasemmalle. Vanhurskaus on aina onnellinen. Kerään voimani ja valitsen oven keskeltä. Avaamisen jälkeen minulla on runsaasti pääsyä oleskelutilaan ja katolle, kirjoitetaan nimi Onnea. Keskellä on avain, joka antaa pääsyn toiselle ovelle. Olin todella oikeassa. Suoritin ensimmäisen vaiheen. Se jättää minulle vielä kaksi. Saan avaimen ja yritän sitä ovesta. Se sopii täydellisesti. Avaan oven. Se antaa minulle pääsyn uuteen galleriaan. Alaan mennä alas sitä. Mieleni valtaa lukuisia ajatuksia: Mitä uusia ansoja minun on kohdattava? Minkälaiseen skenaarioon tämä galleria johtaa minut? On monia vastaamattomia kysymyksiä. Jatkan kävelyä ja hengitykseni tukehtuu, koska ilmaa on yhä niukasti. Olen jo käynyt noin kymmenes mailin ja minun on pysyttävä tarkkaavaisena. Kuulen melun ja putoan maahan suojellakseni itseäni. Se on pienten lepakoiden melu, joka ampuu ympärilläni. Imevätkö he verta? Ovatko ne lihansyöjiä? Minun onneksi ne katoavat gallerian avaruuteen. Näen kasvot ja ruumiini vapisee Onko se aave? Ei. Se on lihaa ja verta ja se tulee minua vastaan, valmis taistelemaan. Hän on yksi luolataistelijoista. Taistelu alkaa. Hän on erittäin nopea ja yrittää lyödä minua ratkaisevassa paikassa. Yritän paeta hänen hyökkäyksistään. Taistelen takaisin muutamalla elokuvalla katsomallani liikkeellä. Strategia toimii. Se pelottaa häntä ja hän liikkuu hieman takaisin. Hän iskee taistelulajeihinsa, mutta olen valmis siihen. Iskin häntä päähän kivellä, jonka otin luolasta. Hän putoaa tajuttomaksi. Olen täysin vastenmielinen väkivallalle, mutta tässä tapauksessa se oli ehdottoman välttämätöntä. Haluaisin mennä toiseen skenaarioon ja löytää luolan salaisuudet. Alan taas kävellä ja pysyn kuulolla ja suojelen itseäni uusista ansoista. Kun kosteus on alhainen, tuuli puhaltaa ja minusta tulee mukavampi. Tunnen Guardianin lähettämät positiivisten ajatusten virrat. Luola pimenee vielä enemmän muuttaen itsensä. Virtuaalinen labyrintti osoittaa itsensä suoraan eteenpäin. Toinen luolan ansoista. Labyrintin sisäänkäynti on täysin näkyvissä. Mutta missä on uloskäynti? Kuinka pääsen sisään ja en eksy? Minulla on vain yksi vaihtoehto: ylitä labyrintti ja ota riski. Rakennan rohkeuteni ja aloitan ensimmäiset askeleet kohti sokkelon sisäänkäyntiä. Rukoile, lukija, että löydän uloskäynnin. Minulla ei ole mitään strategiaa mielessä. Mielestäni minun pitäisi käyttää tietoni saadakseni minut pois tästä sotkusta. Uppoudun sokkeloon rohkeudella ja uskolla. Se näyttää sekavammalta sisältä kuin ulkoa. Sen seinät ovat leveät ja kääntyvät siksakiksi. Aloin muistaa elämän hetkiä, joissa löysin itseni eksyneeksi kuin sokkeloon. Niin nuoren isäni kuolema oli todellinen isku elämässäni. Aika, jonka vietin työttömänä enkä opiskellut, sai minut tuntemaan kadonneen kuin sokkeloon. Olin nyt samassa tilanteessa. Kävelen edelleen, eikä labyrintillä näytä olevan loppua. Oletko koskaan tuntenut epätoivoista? Näin tunsin itseni täysin epätoivoiseksi. Siksi sillä on nimi epätoivon luola. Kerään viimeisen voimani ja nousen ylös. Minun on löydettävä tie mihin tahansa hintaan. Viimeinen idea osuu minuun; Katson kattoon ja näen monia lepakoita. Seuraan yhtä heistä. Kutsun häntä "velhoksi". Velho pystyy valloittamaan sokkelon. Tätä tarvitsen. Lepakko lentää suurella nopeudella, ja minun on pysyttävä mukana. On hyvä, että olen fyysisesti kunnossa, melkein urheilija. Näen valon tunnelin päässä, tai mikä vielä parempaa, labyrintin päässä. Olen pelastettu.

Labyrintin loppu on vienyt minut outoon kohtaukseen luolan galleriassa. Peilistä valmistettu huone. Kävelen varovasti, koska pelkään rikkoa jotain. Näen heijastukseni peilistä. Kuka minä nyt olen? Köyhä nuori unelmoija, joka on löytämässä kohtalonsa. Näytän erityisen huolestuneelta. Mitä tämä kaikki tarkoittaa? Kaikki seinät, katto, lattia koostuvat lasista. Kosketan peilin pintaa. Materiaali on niin hauras, mutta heijastaa uskollisesti oman itsensä näkökohtaa. Heti erillisissä kuvissa näkyy kolme peiliä: lapsi, arkun pitävä nuori ja vanha mies. He ovat kaikki minä. Onko se visio? Minulla on todellakin lapsen kaltaisia näkökohtia, kuten puhtaus, viattomuus ja usko ihmisiin. En usko haluavani päästä eroon näistä ominaisuuksista. Viidentoista vuoden ikäinen nuori mies on tuskallinen vaihe elämässäni: isäni menetys. Jäykistä ja syrjäisistä tavoistaan huolimatta hän oli isäni. Muistan hänet edelleen nostalgisesti. Vanha mies edustaa tulevaisuuttani. Kuinka se tulee? Tulenko menestymään? Naimisissa, naimaton vai jopa leski? En halua olla kapinoiva tai loukkaantunut vanha mies. Tarpeeksi näillä kuvilla. Minun lahjani on nyt. Olen kaksikymmentäkuuden-" kuusi nuori matematiikan tutkija, kirjailija. En ole enää lapsi, enkä viisitoista vuotta vanha, joka menetti isänsä. En ole myöskään vanha mies. Minulla on tulevaisuuteni edessä ja haluan olla onnellinen. En ole mikään näistä kolmesta kuvasta. Olen oma itseni. Iskun myötä kolme peiliä, joissa yksilöt esiintyivät, rikkoutuvat ja ovi ilmestyy. Se on minun pääsy kolmanteen ja viimeiseen skenaarioon.

Avasin oven, josta pääsee uuteen galleriaan. Mikä odottaa minua kolmannessa tilanteessa? Jätkäämme yhdessä, lukija. Aloitan kävelyn ja sydämeni kiihtyy kuin olisin edelleen ensimmäisessä kohtauksessa. Olen voittanut monia haasteita ja kaatumisia ja pidän itseäni voittajana. Mielessäni etsin menneisyyden muistoja, kun soitin pienissä luolissa. Tilanne on nyt täysin erilainen. Luola on valtava ja täynnä ansoja. Taskulamppu on melkein kuollut. Jatkan kävelyä ja suoraan eteenpäin syntyy uusi ansa: Kaksi ovea. "Vastakkaiset voimat" huutavat sisälläni. On tehtävä uusi valinta. Yksi haasteista tulee mieleen, ja muistan, kuinka uskalsin voittaa sen. Valitsin polun oikealla. Tilanne on kuitenkin erilainen, koska olen pimeässä, kosteassa luolassa. Olen tehnyt valintani, mutta aloin myös muistaa vartijan sanat, jotka puhuivat oppimisesta. Minun täytyy oppia tuntemaan nämä kaksi voimaa voidakseni hallita niitä täydellisesti. Valitsen oven vasemmalla puolella. Avaan sen hitaasti; peloissaan siitä, mitä se voi piilottaa. Kun avaan sen, mietin näkemystä: Olen pyhäkön sisällä, täynnä pyhien kuvia ja alttarilla malja. Voisiko Pyhä malja, kadotettu Kristuksen malja, antaa iankaikkisen nuoruuden niille, jotka siitä juovat? Jalkani vapisevat. Juon impulsiivisesti kohti maljaa ja aloitan juomisen siitä. Viini maistuu taivaalliselta, jumalilta. Minulla on huimausta, maailma pyörii, enkelit laulavat ja luolan tontti vapisevat. Minulla on ensimmäinen näkemykseni: näen juutalaisen nimeltä juutalainen yhdessä apostoliensa kanssa parantavan, vapauttavan ja opettavan uusia näkökulmia kansalleen. Näen hänen ihmeidensä ja rakkautensa koko radan. Näen myös Juudaksen ja paholaisen pettämisen selkäni takana. Lopuksi näen hänen ylösnousemuksensa ja kunniansa. Kuulen äänen sanovan minulle: Tee pyyntösi. Iloista kuullen huudan: Haluan tulla näkijäksi!

Ihme

Pian pyyntöni jälkeen pyhäkkö vapisee, täyttyy savulla ja kuulen muuttuneita ääniä. Se, mitä he paljastavat, on täysin salaa. Pieni tuli nousee maljasta ja laskeutuu käteeni. Sen valo tunkeutuu ja valaisee koko luolan. Luolan seinät muuttuvat ja antavat tien ilmestyvälle pienelle ovelle. Se avautuu ja voimakas tuuli alkaa työntää minua siihen. Kaikki ponnisteluni tulevat mieleen: omistautumiseni opiskeluun, tapani, jolla olen noudattanut täydellisesti Jumalan lakeja, vuoren nousu, haasteet ja jopa tämä kohta luolaan. Kaikki tämä on tuonut minulle hämmästyttävän hengellisen kasvun. Olin nyt valmis olemaan onnellinen ja täyttämään unelmani. Kauhistunut epätoivon luola oli pakottanut minut esittämään pyyntöni. Muistan myös tässä ylevässä hetkessä kaikki ne, jotka ovat vaikuttaneet voittoni suoraan tai epäsuorasti: Peruskoulun opettajani, rouva Socorro, joka opetti minulle lukemista ja kirjoittamista, elämänopettajat, koulu" ja työystäväni, perheeni ja huoltaja, joka auttoi minua voittamaan haasteet ja juuri tämän luolan. Voimakas tuuli työntää minua jatkuvasti kohti ovea ja pian olen salainen kammion sisällä.

Minua työntävä voima lakkaa lopulta. Ovi sulkeutuu. Olen erittäin suuressa kammiossa, joka on korkea ja pimeä. Oikealla puolella on naamio, kynttilä ja raamattu. Vasemmalla on viitta, lippu ja krusifiksi. Keskellä, korkealla, on mielenkiintoinen näköinen pyöreä laite, joka on valmistettu raudasta. Kävelen kohti oikeaa puolta: laitan naamion, tartun kynttilään ja avaan Raamatun satunnaiselle sivulle. Kävelen vasemmalle puolelle: laitan viitan, Kirjoitan nimeni ja salanimeni lippuun ja kiinnitän ristiinnaulitsemisen toisella kädellä. Kävelen kohti keskustaa ja asetan itseni tarkalleen laitteen alle. Lausun neljä maagista kirjainta: Näkijä. Laite välittää välittömästi ympyrän valoa ja ympäröi minut kokonaan. Haistan suitsukkeen, poltetaan päivittäin suurien unelmoijien muistoksi: Martin Luther King, Nelson Mandela, äiti Teresa, Assisilainen Francis ja Jeesus Kristus. Kehoni värisee ja alkaa kellua. Aistini alkavat herätä, ja niiden kanssa pystyn tunnistamaan tunteet ja aikomukset syvällisemmin. Lahjani vahvistuvat ja niiden myötä voin tehdä ihmeitä ajassa ja avaruudessa. Ympyrä sulkeutuu yhä enemmän ja jokainen syyllisyyden, suvaitsemattomuuden ja pelon tunne pyyhkiytyy mielestäni. Olen melkein valmis: Vision sarja alkaa näkyä ja hämmentää minua. Lopuksi ympyrä sammuu. Yhdessä hetkessä avautuu sarja ovia, ja uusien lahjojeni kanssa näen, tunnen ja kuulen täydellisesti. Hahmojen huudot, jotka haluavat ilmetä, erilliset ajat ja paikat alkavat näkyä ja merkittävät kysymykset alkavat syövyttää sydäntäni. Seivästykseksi tulemisen haaste käynnistetään.

Luolasta poistuminen

Kun kaikki oli tehty, jäljellä oli vain se, että lähdin luolasta ja tein todellisen matkani. Unelmani täyttyi, ja nyt se piti vain laittaa töihin. Alan kävellä ja ajan kanssa jätän salaisen kammion taakseni. Minusta tuntuu, ettei kenelläkään muulla ihmisellä ole koskaan iloa astua siihen. Epätoivon luola ei ole enää koskaan sama, kun lähden voitokkaana, itsevarmana ja onnellisena. Palaan kolmanteen skenaarioon: Pyhimysten kuvat pysyvät koskemattomina ja näyttävät olevan tyytyväisiä voittooni. Kuppi on kaatunut ja kuiva. Viini oli herkullista. Työskentelen rauhallisesti kolmannen skenaarion ympäri ja tunnen paikan ilmapiirin. Se on yhtä pyhä kuin luola ja vuori. Huudan iloa ja tuotettu kaiku ulottuu luolan yli. Pysähdyn, ajattelen ja pohdin itseäni kaikin tavoin. Viimeisen jäähyväissuudelman kanssa jätän kolmannen skenaarion ja palaan samaan oveen vasemmalla, jonka valitsin. Profeetan lentorata ei ole helppo, koska on haastavaa hallita sydäntä täysin vastakkaisia voimia ja opettaa sitä sitten muille. Vasemmalla oleva polku, joka oli vaihtoehtoni, edustaa tietoa ja jatkuvaa oppimista joko piilotettujen voimien, parannuksen tai kuoleman avulla. Kävelystä tulee tyhjentävä, koska luola on laaja, tumma ja erittäin kostea. Profeetan haaste voi olla suurempi kuin tajuankaan: haaste sovittaa sydämiä, elämiä ja tunteita. Siinä ei ole kaikki: en ole vielä huolehtinut omasta polustani. Galleriasta tulee kapea, ja sen mukana myös ajatukseni. Koti-ikävän tunteeni sekä nostalgia matematiikkaa ja omaa henkilökohtaista elämääni kohtaan. Lopuksi tulee nostalgia itsestäni. Olen askeleeni päässä ja pian toisessa skenaariossa. Rikkinäiset peilit edustavat nyt mieleni säilyneitä ja laajentuneita osia: hyviä tunteita, hyveitä, lahjoja ja kykyä tunnistaa, kun olen tehnyt virheen. Peilien skenaario heijastaa omaa sieluani. Tämä itsetuntemus, jonka otan mukaani koko elämäni ajan. Muistissani ovat edelleen lapsen, 15"vuotiaan nuoren ja iäkkään miehen hahmot. Ne ovat kolme monista kasvoistani, jotka säilytän, koska ne ovat omaa historiaani. Jätän toisen skenaarion ja sen mukana muistoni. Olen galleriassa, joka johtaa ensimmäiseen skenaarioon. Odotukseni tulevaisuudesta ja toiveeni uudistuvat. Olen profeetta, kehittynyt ja erityinen olento, jonka kohtalona on saada monet sielut uneksimaan. Luolan jälkeinen aika toimii harjoitteluna ja olemassa olevien taitojen parantamisena. Menen hieman pidemmälle ja näen vilauksen labyrintista. Tämä haaste on melkein tuhonnut minut. Pelastukseni oli Velho, lepakko, joka auttoi minua löytämään uloskäynnin. Nyt en tarvitse häntä enää, koska selvänäkijän voimillani voin helposti ohittaa hänet. Minulla on opastuslahja viidessä lentokoneessa. Kuinka usein meistä tuntuu kuin olisimme eksyneet labyrinttiin: kun menetämme työpaikkoja;

Kun olemme pettyneitä elämämme suureen rakkauteen; Kun uhmaamme esimiehiemme auktoriteettia; Kun menetämme toivon ja kyvyn unelmoida; Kun lakkaamme olemasta elämän oppisopimusoppilaita ja menetämme kyvyn ohjata omaa kohtaloamme. Muista: Universumi altistaa henkilön, mutta meidän on mentävä siihen ja todistettava, että olemme sen arvoisia. Niin minä tein. Menin vuorelle, suoritin kolme haastetta, astuin luolaan, voitin sen ansoja ja saavuin määränpäähäni. Selviän labyrintista, eikä se tee minua niin onnelliseksi, koska voitin jo haasteen. Aion etsiä uusia näköaloja. Olen kävellyt noin kolme kilometriä salaisen kammion, toisen ja kolmannen skenaarion välillä, Olen hieman väsynyt siitä. Tunnen hien valuvan alas; Tunnen myös ilmanpaineen ja alhaisen kosteuden. Lähestyn ninjaa, suurta vastustajaani. Hän vaikuttaa yhä tajuttomalta. Olen pahoillani, että kohtelin sinua niin, mutta unelmani, toivoni ja kohtaloni olivat vaakalaudalla. Tärkeissä tilanteissa on tehtävä tärkeitä päätöksiä. Pelko, häpeä ja moraali ovat vain tiellä auttamisen sijaan. Hyvään hänen kasvojaan ja yritän palauttaa elämän hänen kehoonsa. Toimin tällä tavalla, koska emme ole enää tämän jakson vastustajia vaan kumppaneita. Hän korottaa ja onnittelee minua syvällä jousella. Kaikki jäi taakse: taistelu, "vastakkaiset voimamme", eri kielemme ja erilliset tavoitteemme. Elämme erilaisessa tilanteessa kuin edellinen. Voimme puhua, ymmärtää toistamme, ja kuka tietää, ehkä jopa olla ystäviä. Näin ollen seuraava sananlasku: Tee vihollisestasi innokas ja uskollinen ystävä. Lopulta hän syleilee minua, hyvästelee ja toivottaa onnea. Minä vastaan. Hän jatkaa luolan mysteerin muodostamista ja minä olen osa elämän ja maailman mysteeriä. Olemme "vastakkaisia voimia", jotka ovat löytäneet toisensa. Tämä on tavoitteeni tässä kirjassa: yhdistää "vastakkaiset voimat". Kävelen galleriassa, joka antaa pääsyn ensimmäiseen skenaarioon.

Tunnen oloni itsevarmaksi ja täysin rauhalliseksi toisin kuin silloin, kun kävelin luolaan. Pelko, pimeys ja odottamaton kaikki säikäytti minut. Kolme ovea, jotka olivat merkki onnellisuudesta, pelosta ja epäonnistumisesta, auttoivat minua kehittymään ja ymmärtämään asioiden tunnetta. Epäonnistuminen edustaa kaikkea, mitä pakenemme tietämättä miksi. Epäonnistumisen on aina oltava oppimisen hetki. Tässä vaiheessa ihminen huomaa, että se ei ole täydellinen, että polkua ei ole vieläkään vedetty, ja tämä on jälleenrakennuksen hetki. Näin meidän pitäisi aina tehdä: syntyä uudelleen. Otetaan esimerkiksi puut: He menettävät lehdessään, mutta eivät elämäänsä. Ollaan mitä ovat: kävelevä muodonmuutos. Elämä vaatii tätä. Pelko on läsnä aina, kun tunnemme olomme uhatuksi tai sorretuksi. Se on uusien epäonnistumisten lähtökohta. Voita pelkosi ja huomaa, että niitä on vain mielikuvituksessasi. Olen peittänyt hyvän osan luolan galleriasta ja tällä hetkellä menen onnen ovesta. Jokainen voi mennä tästä ovesta ja vakuuttaa itselleen, että onni on olemassa ja se voidaan saavuttaa, jos olemme täysin universumin kanssa. Se on suhteellisen yksinkertaista. Työntekijä, muurari, talonmies täyttää mielellään tehtävänsä; Viljelijä, sokeriruo'on istuttaja, cowboy kerää mielellään työnsä tuotteen; opetuksen ja oppimisen opettaja; kirjoittaja kirjallisesti ja lukemalla; Jumalallista sanomaa julistava pappi ja apua tarvitsevat lapset, orvot ja kerjäläiset ovat iloisia saadessaan hellyyden ja huolenpitoa. Onnellisuus on sisällämme ja odottaa, että se löytyy koko ajan. Ollakseen todella onnellisia meidän pitäisi unohtaa viha, juorut, epäonnistumiset, pelko ja häpeä. Jatkan kävelyä ja näen kaikki ansat, Hiotin sen, ja mietin, mistä ihmiset on tehty, jos heillä ei ole uskomuksia, polkuja tai kohtaloita. Kukaan heistä ei olisi selvinnyt ansoista, koska heillä ei ole turvaverkkoa, valoa tai voimaa, joka tukee niitä. Ihminen ei ole mitään, jos on yksin. Hän tekee itsestään jotain vain, kun on yhteydessä ihmiskunnan voimiin. Hän voi tehdä paikkansa vain, jos hän on täysin sopusoinnussa universumin kanssa. Siltä minusta tuntuu nyt: Täydessä harmoniassa, koska menin vuorelle, voitin kolme haastetta ja voitin luolan, luolan, joka teki unelmastani totta. Kävelyni lähestyy loppuaan, koska näen valoa tulevan luolan sisäänkäynnistä. Pian olen ulkona siitä.

Reunoin Guardianin kanssa

Olen poissa luolasta. Taivas on sininen, aurinko on voimakasta ja tuuli on luoteeseen. Alaan miettiä koko ulkomaailmaa ja ymmärtää kuinka kaunis ja laaja universumi todella on. Minusta tuntuu olevan tärkeä osa sitä, koska menin ylös vuorelle, suoritin kolme haastetta, luola testasi ja voitti. Tunnen myös muutokseni kaikin tavoin, koska tänään en ole enää vain unelmoija vaan visionääri, siunattu lahjoilla. Luola on todella tehnyt ihmeen. Ihmeitä tapahtuu joka päivä, mutta emme ymmärrä sitä. Veljellinen ele, sade, joka herättää elämän, almuja, itsevarmuutta, syntymää, todellista rakkautta, kohteliaisuuden, odottamattomat, uskoa liikkuvat vuoret, onnea ja kohtaloa; se kaikki edustaa ihmettä, joka on elämä. Elämä on todella antelias.

Mietin edelleen ulkoa täysin kunnioittaen. Olen yhteydessä maailmankaikkeuteen ja se minuun. Meillä on samat tavoitteet, toiveet ja uskomukset. Olen niin keskittynyt, että huomaan vain vähän, kun pieni käsi koskettaa ruumiini. Pysyn erityisessä ja ainutlaatuisessa hengellisessä muistissani, kunnes jonkun aiheuttama pieni epätasapaino kaataa minut akseliltani. Käännyn kysymykseen ja näen pojan ja huoltajan. Luulen, että he ovat olleet minun puolellani jo jonkin aikaa, enkä tajunnut sitä.

"Joten selvisit luolasta. Onnittelut! Toivoin sinun tekevän. Niiden sotureiden joukossa, jotka jo yrittivät mennä luolaan ja toteuttaa unelmansa, olit kykyisin. Sinun pitäisi kuitenkin tietää, että luola on vain yksi askel monien joukossa, joita kohtaat elämässäsi. Tieto on se, mikä antaa sinulle todellisen voiman, ja tätä kukaan ei voi ottaa sinulta. Haaste käynnistetään. Olen täällä auttaakseni sinua. Katso täältä, toin sinulle tämän lapsen seuraamaan sinua todellisella matkallasi. Hänestä on paljon apua. Tehtäväsi on yhdistää "vastakkaiset voimat" ja saada ne tuottamaan hedelmää toisen kerran. Joku tarvitsee apuasi, ja siksi lähetän sinut.

"Kiitos. Luola toteutti todella unelmani. Nyt olen Näkijä ja olen valmis uusiin haasteisiin. Mikä tämä todellinen matka on? Kuka on joku, joka tarvitsee apuani? Mitä minulle tapahtuu?

"Kysymyksiä, kysymyksiä, rakas. Vastaan yhteen heistä. Uusilla voimillasi teet matkan ajassa taaksepäin vääristääksesi epäoikeudenmukaisuutta ja auttaaksesi jotakuta löytämään itsensä. Loput löydät itsellesi. Sinulla on täsmälleen 30 päivää aikaa suorittaa tämä tehtävä. Älä tuhlaa aikaa.

"Ymmärrän. Milloin voin mennä?

"Tänään. Aika painaa.

Edunvalvoja ojensi minulle lapsen ja jätti hyvästit ystävällisesti. Mikä odottaa minua tällä matkalla? Voisiko olla, että Näkijä pystyy todella korjaamaan epäoikeudenmukaisuuden? Luulen, että kaikki voimani tarvitaan, jotta pärjään hyvin tällä matkalla.

Jäähyväiset vuorelle

Vuori hengittää rauhaa ja rauhaa. Siitä lähtien kun olen tullut tänne, olen oppinut kunnioittamaan sitä. Mielestäni tämä auttoi minua myös laajentamaan sitä, voittamaan haasteet ja pääsemään luolaan. Se oli todella pyhää. Siitä tuli niin salaperäisen shamaanin kuoleman takia, joka teki oudon sopimuksen universumin voiman kanssa. Hän lupasi antaa henkensä vastineeksi heimonsa rauhan palauttamisesta. Vuosisatojen ajan Xukuru hallitsi aluetta. Tuolloin heidän heimonsa olivat sodassa pohjoisesta Kualopu-heimosta peräisin olevan velhon hyökkäyksen vuoksi. Hän kaipasi valtaa ja täydellistä hallintaa heimoista. Heidän suunnitelmiinsa sisältyi myös maailmanvalta heidän pimeän taiteensa kanssa. Näin alkoi sota. Eteläinen heimo koski iskut ja kuolema alkoi. Koko Xukuru kansa uhkasi sukupuuttoon. Sitten etelän shamaani yhdisti voimansa ja teki sopimuksen. Eteläinen heimo voitti kiistan, velho tapettiin, shamaani maksoi liittonsa hinnan ja rauha palautui. Siitä lähtien Ororubá vuori tuli pyhäksi.

Olen edelleen luolan reunalla analysoiden tilannetta. Minulla on tehtävä saavuttaa ja poika huolehtia, vaikka en ole vielä itse isä. Analysoin pojan päästä varpaisiin ja ymmärrän sen heti. Hän on sama lapsi, jonka yritin pelastaa julman miehen kynsistä. Minusta näyttää siltä, että hän on mykkä, koska en ole vielä kuullut hänen puhuvan. Yritän murtaa hiljaisuuden.

"Poika, ovatko vanhempasi suostuneet antamaan sinun matkustaa kanssani? Katso, aion viedä sinut vain, jos se on ehdottoman välttämätöntä.

"Minulla ei ole perhettä. Äitini kuoli kolme vuotta sitten. Sen jälkeen isäni hoiti minua. Minua kuitenkin väärinkäytettiin niin paljon, että päätin paeta. Huoltaja huolehtii minusta nyt. Muista, mitä hän sanoi: Tarvitset minua tälle matkalle.

"Olen pahoillani. Kerro minulle: Kuinka isäsi kohteli sinua huonosti?

"Hän sai minut työskentelemään kaksitoista tuntia päivässä. Ateriat olivat niukat. Minua ei sallittu pelata, opiskella tai edes saada ystäviä. Hän löi minua usein. Lisäksi hän ei koskaan antanut minulle minkäänlaista kiintymystä, jonka isän tulisi antaa. Joten päätin paeta.

"Ymmärrän päätöksesi. Lapsestasi huolimatta olet erittäin viisas. Et enää kärsi tämän isän hirviön kanssa. Lupaan pitää sinusta hyvää huolta tällä matkalla.

"Pidä huolta minusta? Epäilen sitä.

"Mikä sinun nimesi on?

"Renato. Se oli nimi, jonka holhooja valitsi minulle. Ennen minulla ei ollut nimeä tai oikeuksia. Mikä on sinun?

"Aldivan. Mutta voit kutsua minua Jumalan näkijäksi tai lapseksi.

"Selvä. Milloin lähdemme, Psyykkinen?

"Pian. Nyt minun täytyy sanoa jäähyväiset vuorelle.

Liikkeellä annoin signaalin, jotta Renato olisi mukana. Kiertäisin kaikkien polkujen ja vuoristokulmien läpi ennen lähtöä tuntemattomaan määränpäähän.

Matka ajassa taaksepäin

Olen juuri sanonut jäähyväiset vuorelle. Se oli tärkeää hengellisessä kasvussa ja edisti tietoni. Minulla on siitä hyvät muistot: Sen viihtyisä yläosa, jossa suoritin haasteet, tapasin huoltajan ja myös siihen, missä menin luolaan. En voi unohtaa kummitusta, nuorta tyttöä tai lasta, joka nyt seuraa minua. Ne olivat tärkeitä koko prosessissa, koska ne saivat minut pohtimaan ja kritisoimaan itseäni. He myötävaikuttivat tuntemaani maailmaa. Nyt olin valmis uuteen haasteeseen. Vuoren aika on ohi, luolankin, ja nyt aion ajassa taaksepäin. Mikä odottaa minua? Onko minulla monia seikkailuja? Vain aika näyttää. Lähden vuoren huipulta. Otan mukanani odotukseni, laukun, tavarani ja pojan, joka ei päästä minua irti. Ylhäältä näen kadun ja sen sisällön Mimoso kylässä. Se näyttää pieneltä, mutta se on minulle tärkeä, koska siellä menin ylös vuorelle, voitin haasteet, menin luolaan ja tapasin huoltajan, haamun, nuoren tytön ja pojan. Kaikki tämä oli tärkeää, jotta minusta voisi tulla näkijä. Näkijä, henkilö, joka pystyi ymmärtämään hämmentyneimmät sydämet ja ylittämään ajan ja etäisyyden auttaakseen muita. Päätös tehtiin. Lähden.

Otan lapsen käsivarteen tiukasti ja aloitan keskittymisen. Kylmä tuuli iskee, aurinko lämpenee vähän ja vuoren äänet alkavat toimia. Sitten kuulen alareunasta heikon äänen kutsuvan apua. Keskityn tähän ääniin ja alaan käyttää voimani yrittääksesi löytää sen. Se on sama ääni, jonka kuulin epätoivon luolasta. Se on naisen ääni. Pystyn luomaan ympärilleni valopiirin suojaamaan meitä ajanmatkan vaikutuksilta. Aloitan kiihdyttää nopeutta. Meidän on saavutettava valon nopeus, jotta voimme ylittää aikarajan. Ilmanpaine nousee vähitellen. Tunnen huimausta, eksyneisyyttä ja hämmennystä. Hetken ajan läpäisen maailmoja ja lentokoneita rinnakkain omiemme kanssa. Näen epäoikeudenmukaisia yhteiskuntia ja tyranneja omissamme. Näen henkien maailman ja tarkkailen niiden toimintaa maailmamme täydellisessä suunnittelussa. Näen tulen, valon, pimeyden ja savuverhot. Samaan aikaan nopeutemme kiihtyy vielä enemmän. Olemme lähellä valon nopeuden ylittämistä. Maailma kääntyy ja näen hetken itseni vanhassa Kiinan imperiumissa työskentelemällä maatilalla. Toinen sekunti kuluu ja olen Japanissa, tarjoilen välipaloja keisarille. Vaihdan nopeasti sijaintia ja olen rituaalissa Afrikassa Jumala palvontatilaisuudessa. Elän edelleen elämääni jatkuvasti muistissani. Nopeus kasvaa entisestään ja hetkessä olemme saavuttaneet ekstaasin. Maailma lakkaa pyörimästä, ympyrä hajoaa ja putoamme maahan. Matka ajassa taaksepäin oli valmis.

Loppu